誰是兇手？

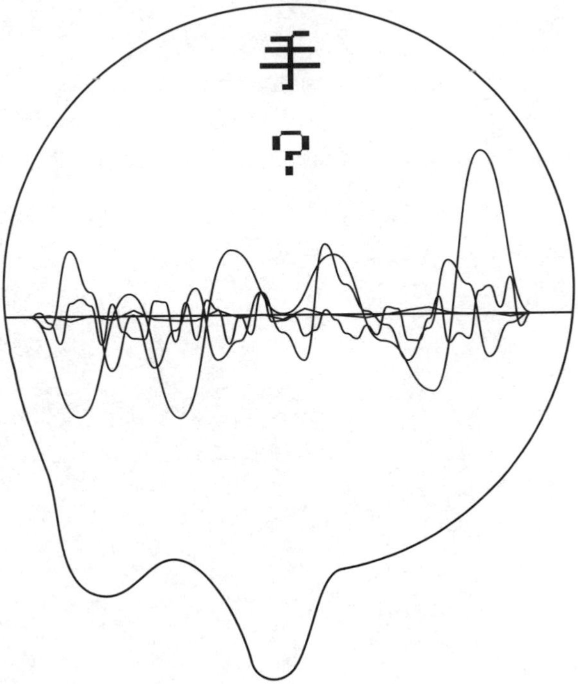

弋蘭——著

關於【金車・島田莊司推理小說獎】

華文世界近年來掀起了一股推理小說的閱讀風潮，大量日本、歐美的推理作品被譯介出版，也深受讀者喜愛。金車教育基金會為了鼓勵華文推理創作、發掘年輕一代深具潛力的推理作家，加深一般大眾對推理文學的討論與重視，獲得日本本格派推理大師島田莊司首肯，舉辦兩年一屆【金車・島田莊司推理小說獎】。

誠如島田老師的期待：「向來以日本人才為中心推理小說文學領域，勢必交棒給華文的才能之士，我可以感覺到這個時代已經來臨！」期盼透過這個獎項讓更多人投入推理文學之創作，帶給讀者嶄新的閱讀時代。

這項跨國合作的小說獎已邁入第五屆，在島田先生和皇冠文化集團支持下，將致力華文推理創作推廣到世界各個角落，讓此一獎項不僅是華文推理界的重要指標，更是亞洲推理文壇的空前盛事，期盼未來華文推理作家能躍上世界推理文壇。

［推薦序］

我讀《誰是兇手？》

（本文涉及部分情節設定，請自行斟酌閱讀）

PChome Online 董事長／詹宏志

這並不是一部嚴格意義底下的「推理小說」，至少至少，它絕對不是任何意義底下的「本格推理」。「推理小說」一詞，在歷史上眾多出色小說家的努力「破壞」之下，早就變得邊界模糊、面目全非，幾乎沒有什麼奇怪的東西稱得上奇怪。但「本格推理」一詞，至少還保有一點限制性的規則，小說裡至少要有一個案子（謎題），要有一個偵探（解謎者），而這位偵探（也就是解謎者，不管他的真正身分是什麼）必須在小說結束前破這個案子。

在《誰是兇手？》裡，的確有個撲朔迷離的案子，而且還不只一樁，故事裡讀得到的就有七、八個案子，而通過當事人承認的案子還要更多一些；作案的兇手也曲折離奇、多層多面，甚至看起來加害人與受害人還糾纏不清，讓人不知從何說起；小說裡的偵探角色也是存在的，除了龐大體系的檢方與警方都在忙碌辦案結案之外，小說中還有兩位令人印象深刻的女性偵探角色，一位年輕的女刑警以及一位美女法醫，她們認真辦案，突破各種迷宮的線索，也作出幾乎與真相一致的答案來；儘管具備一切「本格推理」所需的各種要素，《誰是兇手？》仍然不是我們平日認識的本格推理，因為從頭開始，小說角色都在暗處（包括兇手與偵探），他們每個人都只知道與自己相關的部分案情，而小說讀者卻在明處，我們幾乎看到了全部案子的進行過程，案情對於讀者是毫無懸疑的，它根本是門戶洞開，全盤托出的……。

在推理小說歷史上，也曾有過門戶洞開、故事完整呈現的創作實例，最有名的可能是奧斯丁．佛里曼（R. Austin Freeman, 1862-1943）以「宋戴克醫生」（Dr. John Thorndyke）為角色所創作的「倒敘推理」（Inverted Detective Stories）類型。在「倒敘推理」的小說裡，作者先把案情敘述出來，再讓偵探登場，讀者在明處，偵探在暗處，樂趣就在看偵探如何利用有限的線索，一點一滴「推理」出讀者們已經知道的案情來；在這裡，讀者享受的是步步為營的邏輯推演過程，而不是謎題揭曉的瞬間快感。

但在這部《誰是兇手？》裡，我們的樂趣似乎也不在此，作者固然讓兩位女偵探發現若干不協調的微小跡象，疑心案情並不是表面所呈現的「模樣」，她們相信真相可能不若表面單純，因而步步追查；但作者在謎題設計上，做的事也就到這裡為止，並沒有打算把案情的曲折轉化成數學解題般的知性娛樂。

那麼，如果不是倒敘推理，究竟作者在做些什麼事？也許我可以把這部小說歸類為「心理驚悚劇」（psychological thriller），作者在大部分時候要我們揣測當事人曲折隱晦的動機，也許人類情感與動機的複雜難解才是這部小說的重點，作者讓我們看到像剝筍一樣一層一層剝落的行為及其背後的動機，雖然案情本身已經一無懸疑，光是理解當事人的心理變化，情節仍然足以峰迴路轉，緊張刺激，讓讀者喘不過氣來。

小說一開始，一位面對憂鬱症產婦的婦產科醫生同意為病人做「自殺加工」，也就是說自殺動機來自於病人本身，自殺手段卻經由醫生的協助（這件事本身就是犯罪）；但當醫生再次來到另一位病人家中要為她加工自殺時，卻發現病人已經被殺了，是誰殺了這位想自殺的人？又為什麼殺她？醫生也全無頭緒，但他仍然依約把病人連同房子燒了，這麼一來，連謀殺的痕跡也被抹去了；這個時候，警檢雙方都預備以自殺結案，但醫生知道有一位兇手的存在，而兇手也知道有一個人知道死者不是自殺的，他們彼此都想找出對方……。

故事以非常推理、非常懸疑的方式開場，但很快地我們就發現作者志不在此，她並不想繼續故布疑陣，她很快地就把案情鋪陳開來，並且讓其他隱藏的角色陸續登場，直接招供他們的行為與動機，或者應該說，是死者的強大動機帶著其他角色逐步顯露出他們內心的陰暗與弱點，所有當事人是一步步走向他們不可避免的悲劇命運。

我不是很願意把《誰是兇手？》歸為「社會派推理」，我不覺得它有很強的社會批判企圖（雖然看來也是有的）；但能把一個心理轉折的故事，寫成這樣讓你必須一頁一頁翻讀下去，無法停止，這的確是難得的成績。

第一部

第一章

1

鍾智楷醫生永遠記得那個女人。

事實上她的面目已經模糊不清，她長得一點都不美，極其普通，外型沒有讓人印象深刻的地方，但是她臉上的表情、她的眼神……

那是第五十六天的肧胎，應該說，從肧胎到胎兒，一個新生命該有的雛形已經建造完成。

鍾智楷幫女人照超音波，讓她聽聽胎心音。

那是世上最美好的聲音。

女人面無表情，她的眼睛裡彷彿失去靈魂，始終凝望著空中某個不存在的點，鍾智楷告訴她胎兒很健康，她沒反應。

然後她走了，她去看另一個婦產科醫生。

一年後，鍾智楷在社會新聞上看見她的名字。

她抱著剛出生不久的孩子，一起從住處頂樓往下墜，母子雙亡。

她的丈夫哭喊著：「為什麼要帶走孩子？」

新聞說她可能罹患產後憂鬱症。

從此，鍾智楷明白一件事，這個世界上有些女人不適合當母親。

2

鍾智楷的女人緣很差。

他的外型英俊，身材高瘦，口齒清晰，說話有條理，職業又是個醫生，家世清白，無不良嗜好，在各方面他都算是一個條件很好的丈夫人選，然而他總是無法避免地犯一個錯誤。

「那是小丑鞋嗎？」

有次他和某個同事介紹的女人相親約會，一邊吃著晚餐，他忍不住盯著她腳上的鞋子。

女人很漂亮，打扮得體，對他初步的印象似乎也不錯。

「是的。」她微笑說。

他點點頭，娓娓道來：「胚胎在第十九天開始，形狀很像妳穿的小丑鞋，雖然是一塊細胞團，這時候已經形成很重要的幹細胞。幹細胞構成人體組織的雛形，當時還未分化，」他邊說邊用手勢，指著餐盤裡的一粒白米。「在母體裡孕育的胚胎比這粒米還小，從這樣一顆小米，幹細胞逐漸分化，組成我們的組織和器官，妳說是不是很了不起？」

他明顯感受到女人凝視他的目光起了變化。

那頓飯局結束得不甚愉快。

鍾智楷每次跟女人交談，總是忍不住聯想到工作事務，妹妹鍾丹純取笑他有職業病。

或許，但他實在不明白女人擁有這麼美好的生理構造，為何不願聊起相關議題？甚至將愛談這項議題的他當成怪胎和異類？

妹妹很擔心他的婚事，三十九歲仍未婚，她想盡辦法幫他介紹女人，可總是碰不上能欣賞他這項「優點」的女人。

鍾智楷理解妹妹的顧慮，畢竟自從父母親車禍去世後，他們兄妹倆相依為命，一直互相照顧。

妹妹早已結婚，懷有身孕，當他注視著她逐漸隆起的肚皮，他心滿意足，這樣就夠了。

他相信他妹妹會是一個優秀的母親。

3

現在回憶起來，鍾智楷第一次殺人純屬意外。

做為一名婦產科醫生，他向來非常在意孕婦的體質，醫生成天跟各種藥物周旋，他很清楚人體奧妙之處，死亡如影隨形。

很多人喜歡吃藥，以為吃藥對身體無壞處，錯了，有百害而無一利，特別是混著吃藥就像服毒。

要讓一個人猝死，輕而易舉。

關於藥物上癮這件事，在醫生之間是心照不宣的現實，有些病人就喜歡慢性自殺能耐他何？

連續使用同一種藥物會上癮，上癮會帶來兩個問題，一個是耐藥性，另一個則是退縮問題，所謂耐藥性意味著要達到同樣藥效得不斷地提高藥量，而所謂的退縮問題意指在藥效退去之後帶來的對立面。

所以，孕婦不能亂服藥，基本上，不要吃藥，如果迫不得已得服藥，一定要經過醫生診斷，最麻煩的問題是碰上有憂鬱症的孕婦。

無一例外，鍾智楷每次看到孕婦的用藥史有非常精采的抗憂鬱藥物，他總是會委婉地勸告這些女人別生小孩，但這些女人只擔心繼續用藥會不會生出畸胎。

他們關心的重點不一樣，事實上根本沒有一個婦產科醫生敢打包票持續吃藥跟生畸胎有因果關係，頂多只能提出相關與否、機率多高，醫生不是神。

鍾智楷敢打包票這些重度憂鬱症的孕婦生完小孩以後，百分之百繼續憂鬱，而且會搞得身邊所有人一起憂鬱，就像一個要把所有好事都吸納進去的無底深淵。

那個女人就是個重度憂鬱症患者。

鍾智楷看著她吃過林林總總的抗憂鬱藥物，嘆為觀止，還有兩次自殺未遂紀錄，目前懷孕八週。

她很開心，好像這個孩子將會拯救她的人生，把她從無邊無際的絕望幽谷裡打撈起來，鍾智楷沒說什麼，暗自下了一個決定，他建議她去看同一間醫院裡的某位身心科醫生。

「可是我之前已經看過其他身心科醫生……」女人遲疑，鍾智楷揣測她應該已經和那名醫生建立起良好的醫療關係，彼此信任。

鍾智楷拿出一張白紙，拿鉛筆在上面畫圖。

那是一支鑰匙和鑰匙孔。

「陳女士，妳知道憂鬱症的成因嗎？」

女人茫然地看著他。

「妳體內細胞間的溝通靠神經傳導物質，而神經傳導物質和細胞體的關係就像鑰匙跟鎖，憂鬱症跟神經傳導物質不足有關，妳現在服用的這些藥，就是人為地製造一把假鎖，幫助妳的細胞溝通。」

女人沉默不語。

「妳目前懷孕第八週，胚胎的心血管循環系統已經確立，臍帶連結母體的血液循環系統，懷孕期間，妳所服用的任何東西都會影響胎兒，妳懂吧？」

「醫生，我該停藥嗎？」她急迫地說：「我不想生出有問題的小孩！」

鍾智楷面無表情。

他建議她停藥，當然她可以選擇去問原本那位身心科醫生的評估，或者按照他所說在同一間醫院看另一位身心科醫生。

她聽他的建議，轉診到同一間醫院，看他所推薦的新醫生。

鍾智楷只是等待，兩個月後她流產了。

「晚上她突然大吼大叫，吞下一整罐藥……」她丈夫在急診室嘆道。

事後，女人保住一條命，卻流掉孩子。

長期服用抗憂鬱藥物的病人不可貿然停藥，一停藥，馬上各種藥物的後效開始浮現，生理的不適應加上換一個新醫生的壓力，戒斷的反彈就是暴飲暴食，像錯誤的減肥節食法，一開始吃就控制不住了。

鍾智楷讓女人自由選擇，看她是否會為了孩子忍耐及改變，靠自己的意志力戰勝病魔，可惜她最終還是選擇回到藥物的懷抱。

鍾智楷毫無罪惡感，他覺得自己救了一個孩子。

基於某些奇怪的理由，人們不願意承認憂鬱症有遺傳性，重度憂鬱症的父母生下的孩子，同樣罹患憂鬱症的機率極高，人們迴避這個事實，但鍾智楷一清二楚。

有憂鬱症的女人不適合當母親，可惜不是每個女人都有自知之明。

4

鍾智楷第一次策畫殺人，才發現所居住的城市基本上像座監獄，到處是監視器。

一走進捷運站，入口處兩支監視器，電扶梯轉角處有三支，走到底層又三支，每走幾步路又一支，一支又一支的監視器記錄著所有人的一舉一動……我們是犯人嗎？鍾智楷暗忖。

人們過度依賴感官，尤其是雙眼，常言道「眼見為憑」，他總是不以為然。人類的眼球天生就具備「盲點」，視網膜上感受細胞最密集之處，卻偏偏製造了一個感受細胞最不敏感的漏洞讓視神經通過，這種天生的設計就是在提醒人類不要太信任自己所看的事物，因為有時候我們以為我們看到了，其實不然。相反地，有時候我們以為我們沒看見，只是我們以為。

人類是最盲目的生物，一旦心中有假設、有定見，就只會去找符合這個假設的證據來支持自己，刻意忽略掉可以反駁掉這個假設的可能證據。

那個女人深受憂鬱症之苦，看身心科門診七年了，懷孕四個月，無法停藥，鍾智楷同情她肚子裡的小孩。

她的性格疑神疑鬼、妄想叢生、倔強固執……偶爾她會對他透露出求死的念頭。

鍾智楷看著她的病歷，自殺未遂紀錄有五次，每次剛要踏入鬼門關又被及時拉回來，採用的方法都是能救回來的，這是真想死，還是用死亡在威脅身邊的親人、在勒索感情？

「如果我死掉就好了……」

某次她又當著他的面抱怨她的人生有多失敗、有多不幸，她不想活了……

「張女士，妳要記住，生孩子是多一個責任，生下孩子以後要照顧，生活會更累，妳要調適好心情。」他漠然地回應，想當然耳這女人根本不可能聽進去。

「可是我好想死……」她幾乎無意識地夢囈。

「妳真的想死？」

「真的，」她苦笑。「我沒有值得留戀的東西，一樣也沒有，我好累，可是每次想死都死不成……」

「如果妳真的想死，我幫妳……妳真的想嗎？」

女人安靜地看著他，那是鍾智楷第一次覺得這個女人的眼睛有生命力，以往像死魚眼。

當時，鍾智楷並沒有太多想法，眼前就是個吃藥吃到腦袋壞掉的女人，別用正常人思維去想像憂鬱症患者的內心活動，他完全沒把她放在心上。

他沒料到下次她來看診時，她遞出一張紙，上面畫的圖案看似路線圖，還用不同色筆做記號。

「這是我住的公寓有安裝監視器的地點，還有附近巷口哪裡有安裝監視器我也標註好了。」

鍾智楷明白了，她要他履行承諾。

「妳怎麼會有這些資料？」

「我睡不著，一直失眠，停藥一陣子，失眠又更嚴重……到處走……到處遊蕩……我真的好想消失不見，好想死，如果我有足夠的勇氣……」她掩面痛哭。

鍾智楷望著她提供的地圖，腦子裡已經開始模擬能夠採取的行動。

雖然他一點都不相信她那顆吃藥吃到壞掉的腦袋，可是他願意相信她求死的決心。

約定好的那天，他如期赴約，用最簡單的方式結束她的生命。

他對她遞出一條粗繩，她很驚訝。

也許她本來以為他會用藥物，但醫生用藥就如同警察用槍、廚師用刀，很蠢。

「相信我，這是最快的方式。」

用上吊結束生命只要幾分鐘，就連痛苦也是短短幾分鐘。

人體最重要的器官一個是腦、一個是心臟，在瞬間切斷兩者的聯繫，幾乎是沒有知覺的死亡。

然而，困難的是要把自己的腦袋放進繩索間，這需要勇氣。

鍾智楷在旁邊看著她自己動手，女人明白，這次就算她沒勇氣做，他也會幫她完成。

「鍾醫生，我好怕。」

「我知道。」

「可是我真的累了……」

「我知道。」

其實鍾智楷完全不知道她腦子裡想什麼，也不在乎，她的腦子已經吃藥吃到壞掉，毫無自知之明，正常人能懂才奇怪。

他可憐她，僅此而已。

最後的關鍵時刻，她站在椅子上，脖子已經套入繩圈裡，雙手在發抖，整個人恐怕已經因恐懼而失去意識，游移在生死之間，需要的是勇氣，是決心。

他輕輕地幫她踢掉椅子，看著她驚愕掙扎，頸項一斷，腦部無法得到氧氣輸送，血液無法流通，心臟和大腦就此永別。

吊死的人很幸運，屍體完整，死因明確，對警方、對鑑識人員、對檢察官都很省事。

「妳自由了。」他在她耳邊輕語，離去。

幾天後，鍾智楷在社會新聞版面一角讀到她的消息，是租屋處的房東報案，原來她是介入別人婚姻的第三者，懷孕後曾經到男方家大吵大鬧，男方妻子不堪其擾，告她通姦……案子正在審理中。

她沒有留下遺書，但有多次自殘紀錄，她平日的記事本裡透露出輕生念頭，她的家屬對她的死因無異議，檢方將進一步相驗確定死因。

一條生命的消逝只存在一天的新聞價值。

5

鍾智楷平時除了工作，有空就開車到處走走，他跟同事們相處不錯，沒有衝突，但僅此而已，他跟所有人的交情都是如此。

沒有人了解他，而他也不想了解別人。

除了旅行，他也熱愛攀岩，徒手征服陡峭的岩壁，一人睥睨天下的滋味，他覺得自己像個王者。

他習慣十二點以前就寢，六點起床，不論季節。

他喜歡柑橘類水果，喜歡綠色蔬菜，特別是花椰菜和青椒最對他的胃口，他也愛吃牛肉麵，尤其是番茄牛肉麵加上一大盤酸菜。

鍾智楷崇尚健康的生活，有固定的節奏與行程，所以一旦出現「不正常」的訊號，會讓他煩躁焦慮。

他有極端的自我控制能力，喜怒不形於色，不輕易流露出真正的情緒，但偶爾也會有讓他忍不住失控的情況。

他最喜歡第四十八天的胚胎，可能因為那時候手指已經成形，呈蹼狀，像青蛙，非常精巧可愛。

他向來愛觀察孕婦的手，每當看見一雙纖纖玉手，他總幻想在她肚子裡的孩子將來也能繼承如此美麗的雙手，真幸運。

只有一次例外。

那個女人很美，外貌、身材、肌膚，以及一雙手都堪稱藝術品。

然而卻是個不折不扣的變態、虐待狂，是個賤貨。

她沒有看過身心科的病歷。

她第一次就診正好懷的是第四十八天的胚胎。

但她坦承自己菸酒不離手，且有毒癮，懷孕了照樣不忌諱，想喝酒就喝酒，想抽菸就抽菸，想吸毒就吸毒。

「妳不怕影響體內的胚胎發育嗎？」鍾智楷委婉地提醒她。

她漠然地回應：「我又不是自願想生。」

鍾智楷對她懷孕的動機毫無興趣，他只同情尚未出世的孩子，將終生承受母親的毒害。

真是一個非常漂亮的孩子。

每次女人來產檢，他看著逐漸成長的胚胎，雖然目前還未能確定性徵，但他相信是個女嬰。

這個女人乍看之下極美艷，看久了就發現她腐朽的內部。

鍾智楷是從護理師的八卦閒聊間才知道原來那個女人曾經當過模特兒，還是別人婚姻的第三者，後來嫁給一個富二代，交友圈很複雜……真真假假不知道，他只是越來越同情她肚子裡的孩子。

某晚，他夢見女嬰的手部已經完全成形，不自覺地吸吮拇指，逐漸地女嬰越來越大，越來越大，長成一個畸形的胎兒，對他哭訴：「為什麼你不救我？」

鍾智楷從夢中驚醒，自此，他開始失眠。

問題的癥結在那個女人身上。

做為一個醫生的好處，就是可以光明正大地調查病人的生活習慣。

女人也從不隱瞞自己是個夜店咖。

「如果不謹慎照顧身體，也許會流產。」他提醒她，卻換來冷淡地回應。

「喔。」

這個賤貨毫無當母親的自覺，一再摧殘肚裡的胚胎，偏偏身體卻異常健康，要是流產就好了，他也無須動手。

第十二週是關鍵期，胚胎從一粒米的雛形，大腦、心臟、各個器官各就各位，就等母體輸給她營養、給她愛、給她關懷，讓她變成一個人。

但不要期待這個女人，有些女人就是不適合當母親。

女人喜歡流連知名夜店，稍微調查一下就知道她的行程，鍾智楷開始暗地裡跟蹤她，耐心等待。

她雖然懷孕三個月，身材倒是維持得不錯，不明說還未必會發現她有孕，她常常喝得爛醉，有時候跟姊妹淘一起醉醺醺地離開夜店，有時候則是被「撿屍」，醉得一塌糊塗被幾個男人抬上車裡，然後載去某間汽車旅館，鍾智楷一路開車跟著，後面會發生什麼事他基本上懶得想像，看那些男人扔下她離去，她清醒後搖搖晃晃離開旅館，鍾智楷倒是好奇她腦袋裡裝了什麼？知不知道自己已經懷孕、準備生小孩？

若不是他自制力甚佳，恐怕早衝下去甩她幾巴掌。

孩子的父親宛若神隱，他一次也沒見過，估計是各玩各的婚姻狀況，他越想越心疼未出世的小孩。

夜路走多了總會碰到鬼。

鍾智楷多次跟蹤後終於等到契機。

女人又喝得醉醺醺，被兩個男人架上一臺跑車，接著會去哪裡、在車上做什麼，鍾智楷幾乎可以猜得到，他默默開車，保持一定距離跟在後頭，只見他們的車越開越往偏遠地帶，那地方鍾智楷曾經來攀岩過，一到晚上幾乎沒人沒車，那兩個男人不知有何企圖？

出乎意料地，車上似乎發生爭執，女人被拋下車，她跌倒在地上，車子呼嘯離去，完全不理睬她，她則對著車子破口大罵，衣衫不整，光著雙腳，她整個人看起來異常狼狽。

這路段連路燈都很少，女人在路邊搖搖晃晃走著，一邊比著手勢想搭便車，鍾智楷看了都想笑，荒郊野外，她想招喚好兄弟嗎？

他等了一陣子，看她已經失去耐性，坐在路邊，好像要直接倒地睡覺，他開車開到她身旁，打開車窗。

「方女士？」

她瞇著眼睛，一臉想睡的表情，看起來真喝了不少，但認出他之後，相當驚訝。

「你是……鍾醫生？」

「要搭便車嗎？」

她很信任他，或者別無選擇，直接打開副駕駛座的門，上車。

他勸她繫好安全帶，她根本不聽，開始瘋言瘋語，快吐的時候鍾智楷拿了一個袋子給她，她瞬間一股腦吐了半袋的穢物，車內彌漫著令人作嘔的氣味，她則滿不在乎地嘻嘻笑。

「鍾醫生，你是不是跟蹤我？」她瞇著醉眼，像是夢囈，又像是試探地說著：「這種地方、這種時間……你剛好出現？」她笑了，頭倚著車椅背，慢慢地垂下疲憊的眼眸，姿勢相當放鬆，睡著了。

鍾智楷自始至終直視著前方開車，等她睡去，他斜睨著她輕輕打鼾的模樣，發散出一種脆弱的迷人魅力。

他伸出一隻手，輕撫她的肚子。

「妳自由了。」他低語，車子駛進無邊無際的黑夜裡。

那一晚，鍾智楷一夜無夢，睡得非常舒服。

幾天後，他在社會版和娛樂版的角落各讀到她失蹤後的相關新聞，畢竟是混過演藝圈的模特兒，各種八卦紛紛出爐，包括她在婚後仍流連夜店，私生活糜爛，同時劈腿多名男友、有吸毒前科……等等，鍾智楷不在乎這些，他在乎的是警方後續的處理，一些八卦雜誌將她的失蹤案寫得繪聲繪影，彷彿牽涉到演藝圈陰謀論，還隱射她的夫家不喜歡她，結婚沒多久丈夫就有外遇，有可能找槍手幹掉她……

事實上警方很努力，在她夫家報案後，立刻去追查她最後出現的地點，包括那間夜店，監視器拍到她被抬上某輛跑車，於是循線又找上跑車主人，結果是租來的車，租車的是兩個混黑道的流氓，無正當職業，平常喜歡上夜店打免費砲。他們供稱在某處讓女人下車，因為她一直吵吵嚷嚷，絕對沒有侵犯她的舉動。

警方又循著路口監視器一路找，但女人就此消失無蹤，也沒有好心人提供行車紀錄器。

這案子只有三天熱度，電視上的名嘴們討論一集節目後，旋即被更熱的新聞風頭蓋過去，直到半年後，女人泡在水底的腐爛身軀才浮上來，在河下游被釣魚的民眾發現。

警方定調女人可能因喝醉酒加上不熟悉地勢，不小心摔進河川上游的溪谷裡，需要進一步相驗。

女方家屬對死因無異議。

6

以現代醫學界，安眠藥物要吃到致死劑量幾乎是不可能發生，大多是由於其他緣由導致死亡，比如在昏睡過程中不慎因外物窒息而亡，或者洗胃，或者酒精產生的併發症。

每次鍾智楷聽到有人服用大量安眠藥想自殺，或是割腕求死，總認為那些人與其說想死，不如說是一種撒嬌的任性舉動，因為那兩種方式的致死率太低。

至於若孕婦有嚴重的失眠情況，鍾智楷還是會斟酌對方的體質以及用藥歷史給予服用安眠藥物，畢竟有些人依賴藥物成癮，不給她藥簡直是世界末日。

但那個女人是個特例。

她看起來很疲憊，比實際年齡蒼老十歲以上，是懷第二胎。

她每次來看診都會請鍾智楷幫她開安眠藥。

這不奇怪，怪的是女人完全沒問吃安眠藥會不會對胎兒造成影響，以及她過去從沒有看過身心科的病歷，沒有不良嗜好，身體相當健康，更沒有服用過任何安眠藥的紀錄，現在去西藥房也得有醫師處方箋才可購買安眠藥。

「妳什麼時候開始有失眠問題？」他不得不多問幾句。

「懷第二胎以後。」她輕聲說，沒有抬頭看他的眼睛。

初始，鍾智楷沒有為難她，畢竟每個女人的生理體質狀況不同，接觸的環境也各異，無法用同一個標準去要求所有孕婦，沒有其他證據他不多揣測。

直到他從護理師的八卦閒聊中，無意間得知她的背景。

原來女人的丈夫和第一個兒子都是重度智能障礙。

確切地說，她是男方用錢買來的生孩子機器，目的就是傳宗接代，男方是單傳，家境富裕，而女人則是貧苦出身，這是一樁注定不幸的婚姻。

鍾智楷同情這個女人，同情她的丈夫，同情她的大兒子，更同情她肚子裡未出世的嬰兒，有極大概率也是智力障礙。

目前的孕前檢查，可以篩檢出染色體異常，幫助父母作選擇。有些遺傳病是隱性基因，父母雙方都帶著隱性基因結合在一起才會導致下一代罹患先天性疾病，產生基因缺陷。因此，雙方家族的遺傳諮詢非常重要，講白一點，家族裡有智能障礙者生下智能不足的下一代的機率就是比正常家庭高，這不是歧視，而是事實。

但不論科技如何進步，社會文明漸趨發達，依舊無法阻止悲劇的產生。

那天，女人來看診，鍾智楷問了句：「身體還好嗎？」

「還行。」

「沒有不適應的地方嗎？」

「適應什麼？」

「妳以前從未吃過安眠藥，剛開始吃，有沒有副作用？」

女人蒼老的眼睛裡首次露出如小鹿般驚惶的眼神，慌張地搖頭，支支吾吾。

鍾智楷沒多說什麼，只告知她服用安眠藥可能帶來的後遺症，要她自己多注意。

「雖然要看個人體質，不過有些人可能會有暫時性的失憶、胃腸不適、過敏，甚至夢遊，或者做出一些跟場合不適宜的失控舉動……」

「會夢遊嗎？」她眼底閃動著異樣光芒。

「如果妳的失眠情況沒改善，我可以幫妳多開一點劑量，需要嗎？」

半年後，那個女人產下一名健康的男孩，至少各方面的檢測看起來是沒問題，然而人體是個極複雜的結構，特別是大腦，究竟有無智能障礙恐怕得過幾年才能真正得知。

她生產完沒多久，鍾智楷在社會版讀到一則新聞，一名重度智能障礙男子，半夜夢遊離家，不慎意外跌落水溝，扭斷脖子，當場死亡。

家屬對死因無異議。

7

鍾智楷清楚記得那個女人的名字，她叫蘇慧玲，年輕漂亮，長髮紮成馬尾，個性大方熱情，不過有很嚴重的自毀傾向，習慣性地破壞摧毀自己的生活，講白了就是「見不得自己好」，這是他經歷整個事件後的感想，他會記得她的名字，正因為她的特殊案例不可能再被複製。

她初次來看診時，剛好懷孕兩個月。

鍾智楷看她年紀頗輕，未婚，又是獨自來看婦產科，揣測她也許有拿掉孩子的意向，但她確認自己真的懷孕以及懷孕週數時，臉上露出極為怪異的表情。

鍾智楷無法確切形容那種怪，她像是陷入某種複雜的思緒裡，臉色急速變化，突然間笑了出來，也不管旁人用詭異的眼神看她。

他沒有多過問她的私事，女人每隔幾天就來婦產科報到，次數之頻繁堪稱即將臨盆的孕婦。鍾智楷好意告知她，腹中胎兒一切正常，她現在只要規律正常地生活，每個月定期複診即可，不用這麼擔心。

「我沒有擔心，我覺得很好玩。」她自顧自地笑起來。

鍾智楷注意到她很喜歡用「好玩」來描述心理的狀態。

蘇慧玲頻繁進出的不只是婦產科，事實上，身心科才是她真正的家。

鍾智楷仔細查看她的病歷，自從十六歲讀高中開始，她短暫住過療養院，接著就是不斷進進出出，大三那年她整個暑假都待在療養院，差點出不來了。

醫生評估她的精神狀態很不穩定，重度躁鬱症，一會憂鬱一會躁鬱，最糟的是她不僅搞砸自己的生活，旁人都得幫忙擦屁股。根據病歷紀錄，她有偷竊癖且是破壞狂，她的家人實在忍受不了才將她送進療養院。

當然她的用藥史是洋洋灑灑，能服用的抗精神藥物都用上了。

這個女孩的精神狀況這麼差卻又長得如此美，鍾智楷不得不懷疑她真的能確認肚子裡小孩的父親是哪位？或者她根本不在乎？

他勸她暫時別服用抗精神藥物，她倒是挺坦率。

「醫生，這會要我的命。」

她很聰明。

除了嗜吃抗精神藥物，鍾智楷曾經試探地問過她有沒有其他不良嗜好。

她笑笑。

「醫生，我都戒了，菸、酒，還有K他命，我知道自己懷孕以後都沒碰過了，我很乖。」

鍾智楷實在判斷不出來她究竟愛孩子，或者不愛孩子？想生，或者不想生？有次，她曾經恍惚地撫摸自己微隆起的肚子，輕聲說：「醫生，我每次都會搞砸，如果我死了，很多人都能解脫。」

鍾智楷仔細分析她的話，揣測也許她肚子裡的孩子的父親是已婚人士。

第十二週，可以由外生殖器確認性別，大多數孕婦都會興致勃勃要求醫生透露訊息，但蘇慧玲對此毫無興趣，只顧著滑手機。

鍾智楷發現，這個女人的反應端視她正處於躁期或鬱期而定。若是處於躁期，她很活潑，話很多，思考跳躍，對小孩的事情很關心；但若在鬱期，就是漠然，悲觀，對任何事都不在意，甚至萌生尋死念頭。

他很同情要跟她生活在一起的人。

「我活在世界上只會給別人製造麻煩……」

聽到這句話，鍾智楷就知道女人很憂鬱。

「妳現在懷孕了，要多想想孩子，他需要妳。」她腹中胎兒已確認是男孩。

「沒有人需要我，我死了最好……」女人哭出來。

她持續看身心科，持續吃藥，但很顯然，越是壓抑，越會造成嚴重的反彈。

某次，她又哀嘆人生多不公平，她活著有多累多辛苦，乾脆自殺……

「妳真的想死嗎？」鍾智楷帶點挑釁的口氣反問。

「對啊，醫生，活著好沒意思，人生根本不會發生好事……」

「妳真的想死嗎？」他又問一次。

女人突然停止抱怨，大眼睛猛盯著鍾智楷。

「是，我真的想死。」

「我可以幫妳。」

「幫我什麼？」

「幫妳結束自己的生命。」他微笑。

也許是因為這對話出乎她的意料，蘇慧玲沉默不語，整個人陷入一種恍惚的狀態，鍾智楷倒是沒放在心上。

下次回診時，她一臉雀躍，好像剛買到新玩具的孩子。

「醫生，我一直在想你說的話。」

「什麼話？」

她壓低聲音。

「幫我自殺。」

他微笑。

「是真的嗎？你真的會幫我嗎？」

「妳真的想死嗎？」

「當然！」

鍾智楷沒說話。

「醫生，你以前也幫過其他病人嗎？」

他還是沒回話。

「醫生，你放心，我一定幫你保密。」

鍾智楷根本不信她真的想死，算了吧。

蘇慧玲是典型的表演型人格，表演欲旺盛，嘴巴上喊著想死，實際採取行動的可能性為零，就是作秀，藉著想結束自己的生命來要挾他人，然後覺得很好玩，玩上癮。

在這種人心裡，所有人都是他們的玩具。

然而，自此每次蘇慧玲來看診都會對他提起想採取的死亡手段，樂此不疲。

「醫生，用氰酸鉀怎麼樣？聽說死的時候不會痛苦，會死得很漂亮？」

「要不然跳樓自殺好了，只要從我背後輕輕一推，很簡單，不過摔破頭好像會很痛？」

「我看還是放火燒房子，自焚比較好玩，順便把我房東的房子燒光，我超討厭他！」

鍾智楷總是安靜地幫她做例行檢查，沒有多回應，讓她自己自言自語，估計她一回家，連自己說過什麼都忘了。

「醫生，你怎麼都不理我？你不是會幫我嗎？」

女人看起來一臉哀怨，鍾智楷暗忖，她的「鬱人格」又跑出來了。

「妳真的想死嗎？」他面無表情地回問。

蘇慧玲瞪著他，好像被人用拳頭狠狠揍了一拳，這才真正醒悟過來。

「我懂了，醫生，我會準備好。」

鍾智楷不相信她會準備好，等她的「躁人格」一出現，早就把想死的念頭拋得一乾二淨，這種重度躁鬱症，倒楣的是她身邊的人。

沒想到下次再見，蘇慧玲真的準備好了。

她給他一個信封。

他不想收。

她很堅持。

「醫生，你答應過我。」

鍾智楷有種掉入陷阱的不祥預感，女人眼底閃爍著興致高昂的神采，這像是想自殺的人？

他回家後，打開信封，裡面有張畫得很詳細的地圖，用各色色筆標明蘇慧玲住處周邊路段、巷弄以及監視器位置，還有幾張照片。

她的租屋處是座五層樓老舊大樓，住商混合，一、二樓是商場，她住三樓，沒有電梯和管理員，從一獨立的樓梯進出，房東擁有一整層樓，隔成好幾間雅房出租，蘇慧玲就住在其中一間房。

租屋的房客大多是上班族和學生，蘇慧玲特別標註那些人工作和上學的時間，並且要他在下個星期三下午時段過去，那是其他房客都不在家的空檔，要他實現承諾。

她還畫了一把火的圖案。

鍾智楷坦承她有藝術天分，這張圖畫得相當精緻漂亮，但仍是個瘋子。

他查了自己的行事曆，那天那個時間點他剛好有空……看樣子女人有做功課，已經事前調查過他的情況。

後來發生的事，只能說，鍾智楷往後總是忍不住回想：如果那天我沒去，會怎麼收場？

鍾智楷從不後悔，也不回顧，他不假設「如果」，但唯獨這個女人、唯獨那一天，總令他不得不深思：如果那天他沒去她家，警察能否抓到真兇？

那個星期三下午，他如期赴約，有個原因在於他想搞清楚女人在玩什麼把戲？

她的住處如同她照的照片，簡陋破舊，至少三十年以上屋齡，沒管理員，有一座獨立樓梯可以進出，和一、二樓的商場區隔，公寓鐵門敞開，據她所說，大門監視器壞了很久都沒修理。

蘇慧玲住三樓，三樓有設置一個鐵門，門口有個對講機，按她的房間三〇三房，她會幫他開門。

但他抵達時，三樓鐵門已經是開著。

這是第一個意外。

鍾智楷站在門口思考一分鐘，決定進去。

眼前是一條走廊，鋪著木質地板，走廊兩旁隔成一間間獨立雅房，依蘇慧玲所繪製的房間示意圖，這層樓共隔成十間房，每間房大約三至五坪，走廊最底端則是公共區域，有兩間衛浴，以及飲水機、洗衣機和滅火器，還有一臺監視器。

蘇慧玲住在三〇三號房，木門上有安裝窺視孔，門旁邊有電鈴，這裡每間房間的設置一模一樣。

「就連那種爛房子一個月也要六千塊租金。」她提起住處之簡陋曾經流露出輕蔑的神情。

鍾智楷按了她家門鈴，等一分鐘，沒有回應。

這裡很安靜，沒聽到其他雜音。

他站在門口思考，這個時間點，十個房間裡真的只有蘇慧玲在家，其他房間都空著嗎？

他望向敞開的鐵門，感覺不太對勁，他又按一次門鈴，仍是無人回應。

這是第二個意外。

鍾智楷考慮一會兒，決定試圖打開門，沒想到他只輕推了下門把，房門竟輕輕往房裡移動，這門不僅沒鎖，而是根本沒關好。

他看見三坪大的房間裡有一具屍體。

光站在門口，不用踏入房間裡就可以確認，此刻坐在書桌前的椅子上、整個人背靠著椅背、頭往後仰的女人已經被勒死了。

她的雙目圓睜，瞪著天花板，脖子上的勒痕非常深刻，簡直像凝聚了百年的恨意，深到不用法醫來鑑定就可以確認死因。

鍾智楷走入房裡，關好門，然後他站在屍體前思考：誰殺了她？

在他抵達之前，有另一個人捷足先登，動手取走蘇慧玲的性命，這也在她的計畫之內，或者純屬意外？

鍾智楷環顧四周，沒看見勒死她的兇器。

他仍按照標準流程，拿出隨身攜帶的簡易工具檢測她的鼻息、頸動脈和她的身體溫度，以及雙眼的對光反射，確認死亡後，他接著仔細查看她的脖子上遺留有繩子的勒痕，行兇者不是用雙手，而是使用工具緊勒住她的脖子，等她斷氣後，兇手將兇器一併帶走。

問題是兇手殺蘇慧玲是事先預謀或者臨時起意？使用的兇器是兇手事先準備好，或者屬於蘇慧玲所有？

說不定兇手正是另外九間雅房其中之一的房客？

但想到敞開的鐵門，或許外來者更有可能？早已經逃之夭夭？

鍾智楷凝望著女人蒼白猙獰的面容，雙眼暴凸，身體僵硬，仔細聞，有股尿臭味，椅子下方有一攤黃水……

他往後退幾步。

這個房間雖小卻塞滿家具，一張床、書桌椅、衣櫃、書櫃……東西凌亂不堪。衣服、書本、雜誌亂扔，一堆待洗衣物丟在角落的洗衣籃內，都溢滿了，垃圾桶裡有發爛腐臭的食物和用過的保險套。

鍾智楷倒是沒想到書櫃下方竟擱著三罐汽油，以及一個打火機。

好吧，他微微一笑，至少她沒說謊，她真的有準備。

她在等他。

鍾智楷走到書櫃前蹲下，決定成全她最後的心願。

既然她想被人當成自殺，想以自焚方式結束生命，那就這樣吧，他可以幫她順便報復討厭的房東。

鍾智楷搜尋一下書桌以及掛在旁邊的包包，發現她的手機、行事曆和日誌本都不見了，也被兇手帶走？

他相信房間裡應該還有筆電或者平板電腦之類的3C用品，同樣不翼而飛。

或許這名兇手和蘇慧玲之間的關係很密切？

房裡沒有看到相框照片，現在也沒時間搜尋相簿，鍾智楷在抽屜裡找到一個隨身碟，他放進口袋裡。

接著他將汽油灑在女人身上，在房間的四個角落分別灑滿汽油。然後他點火，她的屍體燒起來了。

鍾智楷凝望著女人，像一根人體蠟燭，他緩步離開房間，關上房門。走廊依舊安靜無聲。

離去前他關上鐵門，頭也不回地下樓梯。

接下來發生的事鍾智楷都是從新聞中得知。

消防車在他離開三十分鐘後趕過來，當時火苗已經竄燒到其他房間，甚至上下樓層都受到波及，由於三樓沒有安裝煙霧偵測器，整個樓層只有蘇慧玲在家，也沒有其他人能及時用滅火器滅火。

據聞，蘇慧玲整個人燒成黑炭，往後仰的頭部因頸子燒斷，掉到地板上，成了一具無頭焦屍，水果日報的頭版頭條還刊出沒打碼的現場照片，後來被ＮＣＣ警告罰錢。

鍾智楷也是從新聞得知，原來蘇慧玲事先寄了一封遺書回老家，她的媽媽已經將那封遺書交給警方鑑定。

正值荳蔻年華的美麗女孩為何會選擇輕生？而且還是以自焚方式結束生命？引發了媒體談話性節目的關注，接連幾天名嘴們都在探討現在年輕人太草莓、吃不了苦。

警方表示已經從死者遺書中找到緣由，死者長年深受重度躁鬱症的困擾，對於租屋處的房東頻頻要她搬家也感到很不滿，選擇這種極端方式死亡就是為了報復他。

檢方將會同法醫進一步相驗，死者家屬對死因無異議。

這條新聞只有三天的版面價值。

鍾智楷暗忖，她的死亡讓她身邊所有人都自由了，包括那名兇手。

8

那個女人希望能燒炭自殺，她覺得能在睡眠中死亡很幸福。

鍾智楷不忍心打擊她，燒炭自殺很痛苦，但他願意盡力幫助她，至少讓她睡得夠沉，爬不起來。

她選擇一塊僻靜的空地，那裡可以看見大海。

她說她老早選好死亡地點，也想好死法，卻一直沒有勇氣實踐。

「醫生，我好累，我早就不想活了。」

女人曾經墮胎過三次，從此習慣性流產，結婚以後想要小孩卻始終無法順利懷孕，幾乎要崩潰。

她的家人，尤其是她的丈夫都勸她別想太多，可以去領養，或者試著找代理孕母，但她心裡一直有個過不去的結，她認為是自己殺害太多骨肉導致的報應。

「我老是聽到小孩在哭……」她茫然地說。

她的家人對她越體貼，她的罪惡感越重。

即便尋求宗教慰藉，仍無法打破心結。

上個月她被一名宗教神棍騙走一百多萬，更糟的是不僅騙財，還被騙色，她為了被救贖，任由那名神棍蹂躪糟蹋她的身體，她覺得自己應該被羞辱。

鍾智楷不知道為何她要對一名婦產科醫生傾吐這些私事，或許她早已分不清現實與幻覺，她持續看身心科已經很長一段時間，重度憂鬱症，能吃的抗精神藥物都吃遍了，再一次的流產讓她在病房崩潰，大吼大叫，哭著說她想死……

他明白她已經瀕臨極限，接下來就是一輩子進出醫院，成為別人八卦的話題，接受別人的憐憫，甚至成為別人研究的對象。

那晚他們約好見面，她準備好了，鍾智楷坐進她的車內副駕駛座，確認她吞了足夠的安眠藥，可以睡得夠熟，不會中途因為忍受不了痛苦而甦醒。然後他布置好環境，在這狹小密閉的空間裡，燃燒炭盆內的木炭，她要求再看一眼大海，瞇著眼努力從黑夜裡望著海面上的點點漁火，讓海風吹拂過她的臉龐，他滿足她的心願，她微笑著沉沉睡去。

關閉車窗，他知道她再也不會清醒。

隨後在這輛車裡，將因燃燒木炭而耗盡氧氣，在沒有氧氣補充的密閉空間內，逐漸地，一氧化碳將主導人類的生命，因缺氧致命。

無法呼吸是一種非常痛苦的過程，而燒炭自殺的方式更是延長這個痛苦的時間，如果睡得不夠熟，大腦在死亡的過程中清醒，就是眼睜睜地感受死亡而無力反抗。

鍾智楷一直對於選擇此種自殺方式的人感到不解，世界上有許多可以快速結束生命的方式，為何要美化一種其實特別痛苦的死亡，只是因為看起來可以睡得很熟？

不過，採用燒炭自殺死亡的遺體確實是保存得最完整的方式之一。

鍾智楷並沒有將女人放在心上，事實上她的死亡在電視新聞上的存在感只有三十秒，她的丈夫痛哭流涕的鏡頭比她還多，她的家屬像是早就看開了，對死因無異議，或者早有預感她走向絕路，只是時間早晚。

然而三天後，一名女警打電話到他任職的醫院，指名找他談，據說一開始醫院的總機以為是詐騙電話。

女警希望他能到警局一趟，配合調查。

鍾智楷想過千、百次，總有一天警察會逮到他，會戳破他的手段，看穿他的行徑，將他繩之以法。

他完全可以接受。

事實上他一直在等這一天。

法律有法律要貫徹的理念，要維護社會秩序，要守護原則，他完全可以理解，而他也有他想說的話。

他已經對著鏡子練習過無數次，當那一天降臨，攝影機鏡頭對準他，所有麥克風舉在他面前，引領期盼著他開口，那一刻，全世界的人都要聽他說話。

「我的所作所為是正確的，時間會站在我這邊，總有一天你們會明白，這是必要之惡！」

他不需要安全帽遮遮掩掩自己的真面目，如果有人想用石頭、用雞蛋打他、攻擊他都無所謂，他可以忍受。

因為事實、真相本來就不是每個人都足以承受。

「我可以承受，所以由我來領頭。真相很難聽、很殘酷，但這個世界上有些人就是不適合為人父母、有些人就是不適合活著、有些人的存在就是會給別人帶來麻煩、有些人就是阻礙整體社會進步的絆腳石、有些人就是死了比活著更有價值，為什麼不敢承認？難道在你心裡，從來就沒有過『如果某人不在了多好』的念頭？」

鍾智楷深信自己的存在就是為了揭穿偽善者的面目。

「我只是推一把，如同壓倒駱駝的最後一根稻草，我願意當那根稻草，僅此而已。」

他已經準備好了洋洋灑灑的大段演講來闡述他的理念，他對人類的看法，身為一個婦產科醫生，執業十一年，見識無數穿過女性的陰道來到人世的嬰兒，他有責任告知人類這個事實──有些女人就是不配當母親。

但事情發展出乎意料。

在警局，那名打電話通知他的女警，遞給他一支鋼筆。

「鍾先生，這是你的東西嗎？」

女警留著齊劉海的娃娃頭，聲音稚嫩，感覺就像一尊擺錯位置的芭比娃娃。

那支鋼筆的筆桿用燙金色字體刻上醫院名稱以及「鍾智楷醫生」。

他認出來了，這是醫院分發給所有醫生的文具，就擱在診療室裡，但他從來沒用過，據說為了避免被病人拿走，特地將文具都標上醫生名字。

「應該是。」

「我們在陳怡文燒炭自殺的地點發現這支筆，根據紀錄，你是她的婦產科醫生？」

「對。」

「之前她有表現出什麼跡象嗎？」

「我記得她有重度憂鬱症，」鍾智楷微笑。「也許妳應該去請教她的身心科醫生。」

「我已經請教過了。」女警同樣報以微笑。

事實上在這一刻，鍾智楷的腦袋裡閃過無數個念頭，其中一個就是他的鋼筆怎麼會出現在女人燒炭自殺的現場？

首先他基本沒用過醫院發給醫生的文具，從沒碰過那支筆，第二他親自布置她的自殺現場，絕對不可能把筆掉在那種地方，他的視力沒有問題，最後他非常確定他離開時，陳怡文已經睡得非常熟，絕對不可能半途起來丟筆。

「請問，警方在車內哪裡發現那支筆？」他試探地詢問。

女警露出疑惑的表情。

「其實是掉在車子外面……鍾先生，你怎麼知道那支筆不是陳怡文帶在身上？」

因為他檢查陳怡文是不是熟睡的時候，已經確認過她身上所帶的東西，但他沒必要在此自動承認，現在他的腦袋裡發出極大的警訊——難道有第三者闖進過她的自殺現場，還刻意把那支鋼筆掉在車外？是誰？為什麼？

「我不知道，只是隨便猜猜。」鍾智楷不動聲色地回答。

然而有各種揣測晃過他的腦子，刺激他的想像，去推演、去模擬「可能性」……是誰將那支鋼筆扔在車子外面？那個人的目的為何？那個人如何取得他的筆？是他的病患之一？跟蹤他？持續多久？知道車子裡發生什麼事？將那支筆放置在現場卻不告發他的緣由？想陷害他、想誘導警方查他卻不願意露真面目？有何不可告人之處……

驀地，彷彿一道閃電橫劈而過，點亮了他的視野和想法，他恍然大悟，之前自己竟然一點都沒警覺。

「鍾先生，我想確認一下你在陳怡文自殺當天的行程，你當時在哪裡？」女警很客氣地詢問他。

「我在家，」他又補充一句。「我一個人，沒有人可以證明。」

「為什麼陳怡文會有你的筆？是你送給她的嗎？」

「我不知道，我沒用過那支筆，也許看診的時候她用了，然後帶走了，」他頓了下，「妳可以去問護理師，他們比我清楚。」

她沒有繼續追問。

「好的，謝謝你的配合，等我們調查完畢，結案以後，會將這支筆物歸原主。」

但鍾智楷有個問題要確認。

「警方的鑑識人員檢查過了嗎？」

「什麼？」

「那支筆上面有誰的指紋？」

女警年輕的臉龐流露出狼狽的表情。

「很抱歉，案子還在調查，不能隨便透露。」

然而，鍾智楷心底已經有答案。

很明顯，那支鋼筆上有誰的指紋不重要，更可能的是，沒有任何人的指紋，連死者陳怡文的指紋都沒有。

鍾智楷走出警局，外面天色已暗，幾輛摩托車呼嘯而過。

他的胸口燃著熊熊怒火，責備自己的遲鈍與粗心，竟然毫無警覺任由事態發展至此。

只有那個人能辦到，只有那個人能察覺他的存在。

鍾智楷已經理清楚目前的情況，會竭盡全力，揪出那個人——殺害蘇慧玲的兇手！

第二章

1

呼呼！呼呼！

何景昇匆忙地衝進家門，旋即跑入臥房裡，將手上的東西扔在床鋪上，接著關窗簾，鎖緊房門。

房間裡一片黑暗，如同他現今的處境。

我殺人了。

他的心跳劇烈，汗流滿面，胸口悶得彷彿要窒息。

一放鬆，他雙腳倏地跪地，兩手支撐著身體不倒下，頭低垂，臉面對著大理石地板，腦袋混亂不堪。

為什麼會做出這種蠢事！

何景昇責備自己，但懊悔已經無濟於事。

他一心想逃，逃得越遠越好，然而他最終還是選擇回家，他沒有任何一個可以躲避外人視線的私人空間，他沒有一個可以掩護他的生死至交，他甚至沒有拋下一切、逃亡天涯的勇氣。

為什麼會動手殺了她？為什麼？

現在冷靜下來何景昇只覺得自己很愚蠢、笨到極點，為那種女人犯殺人罪根本不值得！

不會有女人想生下你的小孩。

就是那句話徹底讓他崩潰，失去理智。

仔細想想是她活該，那個賤貨遲早會有人動手結束她的性命，只是……

為什麼是我？

何景昇在黑暗世界裡淒楚地哈哈大笑。

他的內心深處明白，四十二歲的自己已經走到人生末路。

2

賤女人！她是自找的！

何景昇縮在房間一隅，妻子還在公司加班，讀國一的女兒去補習，他獨自一人等待厄運降臨。

殺人那瞬間的憤怒仍不斷在他腦中回播，當時他氣得失去理智，一看旁邊擱在地上的綠色曬衣繩，想也不想，直接拿起來從她背後勒住她脖子，用力地扯，用力地扯！

他想要她死！他想要她死！

現在雙手還在抖動。

他的勇氣彷彿在殺人那瞬間全用光了，他不敢進客廳打開電視，他的手機關了，也不敢打開房內的電腦，平板擱在一旁不敢碰，所有可能接觸外界訊息的物品全部關閉，他甚至不敢開燈。

如果人的感官也可以自由關閉多好，何景昇好害怕。

他就是個卒仔。

一旦被警察抓到把柄他就完了。

雖然他已經盡可能把蘇慧玲放在房間裡的私人筆電、日誌偷回家，殺人兇器曬衣繩也帶走，但誰知道有沒有留下其他線索，他小心翼翼避開監視器，但誰知道有沒有在不經意的情況被拍到？

他完了，他怎麼可能躲過法律的制裁，這可是殺人罪。臺灣警察又不是白癡，循著蘇慧玲的人際關係找線索追下去，一定會發現他們之間的婚外情，他一定嫌疑最重。

何景昇越想越悲觀，乾脆在被迫面對眾人咄咄逼問之前就先結束自己的生命，自殺吧。他家住七樓，從陽臺跳下去剛剛好，下面是水泥地，應該一下子就去陰間報到。

他深深嘆口氣，強撐起身子，起身打開臥房的大燈，眼前視線一亮，他聚焦在床鋪上那些零零亂亂的東西，要在妻女回家前收藏好。

我能躲多久？

叮咚。叮咚。

然而一陣急促的門鈴聲打斷他的思緒，他沒料到警方這麼快就找上門。

慘了！何景昇慌慌張張地將那些東西藏起來，不過要是警察有搜索票，估計一下子就會被發現，到時候罪證確鑿……只怪自己蠢，扔到垃圾堆裡也好過帶回家，這不剛好提供證據給警方?!

他以沉重的腳步走到大門邊，反正現在也只有兩條路，一條通往陽臺，跳下去直接結束生命，另一條就是面對現實。

何景昇透過門上窺視孔往外探望，沒想到站在門外的人竟然是他的學生阿博。

「教授，這些是您要我查的外國期刊的文章，我都印好了。」

何景昇一開門，阿博旋即脫下鞋，手上拿了一堆資料進客廳，放在桌上。

阿博留平頭，就讀碩一，還沒服兵役，是他的論文指導學生之一，跟蘇慧玲一起擔任他的助理。

「好……」何景昇緩解一下慌亂的心緒，阿博盯著他，好像在等他先開口說什麼，他倒是一頭霧水。

「還有什麼事？」

「教授，您不知道嗎？系上的Line群組都在瘋傳！」

「傳什麼？」他的手機關著，當然不可能知道。

「蘇學姊出大事了。」阿博睜大眼睛說，拿出手機，遞給何景昇。

果然該來的事還是會發生。

何景昇抱持著末日降臨的心情看了眼手機螢幕，結果……他怔愣住。

這是什麼？

「蘇學姊的租屋處起大火了，她的房間被燒得精光，消防隊員已經找到她的屍體，聽說可能是自殺！」阿博誇張地說。

手機螢幕上顯現出一段影片，有人在蘇慧玲租屋那棟大樓外拍攝火勢蔓延的情況，現場有消防車和消防隊員正在滅火和救人，幾名警察在維持秩序，還有不少圍觀看熱鬧的群眾。

何景昇難以置信。

「她不可能自殺！」他脫口而出，因為幾個小時前他親自用雙手奪去她的性命，她已經死了，怎麼可能自殺？怎麼會發生火災？

「教授，您可能不清楚，不過……」阿博露出為難的表情，斟酌著字句說：「蘇學姊的精神狀況一直不太穩定，李季深學長就說有次他聽到蘇學姊抱怨她的房東，說他又老又色，老是威脅要趕她走，還說她要把房東的房子燒掉，死在他的房子裡，讓他欲哭無淚……蘇學姊有時候會說一些瘋瘋癲癲的話，我們沒當真，只是發生這種事我們都不是很意外……」

也許是因為人已經過世，阿博坦率地聊起蘇慧玲的八卦，彷彿在他的學生之間早已流傳許久，從他的嘴裡所吐露出來的蘇慧玲是一個多麼複雜的形象，根本就是一個喜怒無常、濫交、控制欲極強的神經病。

她的心理有問題，這是他的幾個學生對她下的結論。

阿博離開他家以後，何景昇獨自呆坐在客廳沙發上，久久無法動彈。

雖然不明白究竟發生什麼事，但他安全了嗎？這場火災拯救了他？他不是殺人犯，依然是受到敬重的大學教授，擁有平靜安穩的生活與家庭，一切如昔？

他望著自己的雙手，仍舊無法克制地顫抖著，只是他知道很快他會平穩下來，把過去跟蘇慧玲有關的記憶全部埋藏，他們只是普通的師生關係，她是他的學生，他是她的論文指導老師，僅此而已。

何景昇深呼吸一口，發現眼淚緩緩落下，悲傷的情緒一擁而上，他在絕對寂靜的空間內崩潰大哭。

他突然領悟到自己真的愛她。

3

何景昇從小就習慣因外型而遭受歧視。

他又矮又胖，不擅交際，體能差，上體育課對他來說是折磨，幸好頭腦夠聰明，一路順利地升學，拿到物理學博士以後繼續躲在學校這樣的象牙塔內專心學術研究。

他是有專業的肥宅，有學術成就引以為傲，在相關領域內頗有名氣，拿到穩定的大學教職，即便女人緣很差，終究還是靠親戚的介紹，相親娶到一個姿色普通的妻子，生了一個長得還不錯的女兒，剛上國中。

他的人生至此無風無浪，看起來相當無趣，但從另一個角度考量，平凡平順也是一種福氣。

至少在遇見蘇慧玲之前，他對自己的人生沒有任何不滿。

蘇慧玲年輕漂亮，身材好，笑起來有雙電眼，一對酒窩讓她顯得特別甜美。她考上他任職大學的碩士班，成為他的指導學生，很活潑健談，有時候甚至算聒噪，何景昇向來不會跟女性聊天，但跟蘇慧玲在一起沒有這個問題，她永遠可以找到話題。

從青春期開始，何景昇就明白自己在異性間的地位是最底層的，像蘇慧玲這樣的女人則是最高層的女神級，即使她是他的學生，他一點都不敢多妄想。

他得坦承，和她搞外遇那段日子是他生命中最快樂的時光，他真正感受到活著的樂趣。

「我懷孕了。」

然而當她對他說出這句話，何景昇初次體會到，天堂與地獄果然是一線之間。

「是我的嗎？我每次都有戴套子……」

她笑了。「你不想負責？」

偷情的快感頓時冷卻，何景昇不得不考慮現實，他好不容易建立的家庭、聲譽和學術成就，若是和自己的學生搞婚外情的事傳出去，可能瞬間毀滅。

他的人生必須從頭開始。

「給我一點時間。」

何景昇陷入苦惱，而她開始糾纏，打電話騷擾他的家人，他的妻子已經察覺到異狀，詢問他是否在外面和女人有不正常的關係。

原本平凡無奇的生活一旦興起波瀾，再也回不去。

要是當初緊急煞車，別碰蘇慧玲，一切就不會發生，如果她消失，如果她死了……何景昇的腦袋裡開始萌生各種負面思惟，壓力幾乎要讓他崩潰。

他覺得一定要跟她好好談一談。

那天，他突然跑去她的租屋處找她，她似乎很驚訝，態度很不耐煩。

「真無聊，算了啦，不想玩你了，我肚子裡孩子的老爸不是你。」她用一種無所謂的態度應付他。

何景昇很驚訝，雖然心裡鬆口氣，但一種不甘的情緒旋即湧上，他想知道真相。

「孩子是誰的？妳還跟誰交往？」

「不關你的事，」她冷淡地說：「我跟誰交往、跟誰上床、我肚子裡的孩子的爸爸是誰都與你無關，你乖乖回去你老婆身邊吧。」她的口氣充滿譏諷。

「我有權利知道，畢竟……」何景昇心想他們之間多少有點感情吧。

蘇慧玲哈哈大笑。

「死老頭，死肥宅，去照照鏡子，如果你不是我的指導教授，誰會想跟你上床！」她露出噁心又鄙視的表情。「這個世界上不會有女人想生下你的小孩！快滾，我還有別的事要忙。」

她背對著他，好像在整理什麼東西。

何景昇瞄到隨意扔在旁邊的曬衣繩，他的腦袋一片空白，等理智回來時，他已經用繩索勒斷她的脖子。

4

何景昇事後回想起來，當時她那句「快滾，我還有別的事要忙」是否意味著：她那天在等誰？是她肚子裡孩子真正的父親嗎？

可惜她已經死了，被他殺死了，如今再也無法知道答案。

何景昇一直密切關注案子的發展情況，不過媒體新聞只有報導幾天的消息。由於火災發生時，蘇慧玲住的那一層樓只有她在，樓上樓下雖然有人被火嗆傷，大多無恙，除了房東出來哭訴蘇慧玲縱火自殺害他的房子變凶宅之外，沒有引起多大的社會波瀾，之後就沒有下文了。他只好試著跟其他學生打聽情況，做為蘇慧玲的論文指導教授，關心死去的學生倒也是正常。可惜學生們能提供的訊息也有限，只提到有警察來找他們問話，詢問蘇慧玲生前的交友以及她平常的表現有無異常。

大致都是他已經知道的八卦傳聞，包括她有重度躁鬱症，跟男人們糾纏不清，交友圈紊亂等等……他發現幾乎沒有人提她懷孕一事。

就連寄回家的遺書內容裡也沒提到，他懷疑蘇慧玲的父母親知道她懷孕了嗎？她為什麼會寄遺書回家，難道她真的準備要自殺？還是寄遺書者另有其人，就是放火燒房子、燒屍體的人？為什麼那個人要掩護他這個真兇，是他認識的人嗎？

何景昇腦子裡有一堆未解的疑惑，卻苦於無法找任何人討論，除非他去自首。

有一名年輕女警曾來他的研究室找他談，問蘇慧玲生前有無透露什麼特別的訊息，他早已在心裡模擬好答案，表明他們只是師生關係，他對學生私下的人際關係不了解，也沒察覺到蘇慧玲有任何異樣表現。

警察沒多懷疑就離開了。

何景昇感覺自己相當幸運，原本以為自己將以殺人罪被起訴，從此在學術圈聲望一落千丈，落入社會最底層的惡徒階級，可突如其來一場火災全然改變他的命運。蘇慧玲成了自殺者，她甚至還事先寄一封遺書回老家，簡直是詭異難解的舉動。何景昇雖然想不通，但她本來個性就瘋瘋癲癲，也許她早有自殺意圖。如果不是她長得漂亮，他也不會跟她搞婚外情。

然而何景昇並未因此睡得安穩，相反地，他竟然開始失眠了，疑神疑鬼，甚至產生幻覺。

他總是忍不住想起蘇慧玲最後所說的那句「這個世界上不會有女人想生下你的小孩」，然後他看著自己的女兒，長得跟自己一點都不像，雖然有點像他妻子，但不是說女兒應該像爸爸嗎？她怎麼一點都沒遺傳到他的特徵？難道不是他的小孩？

他萌生想跟女兒去做親子鑑定的念頭，偏偏他又不敢真的去驗，只能拖著。

就連妻子他都開始懷疑會不會也有婚外情？據說她結婚前交過幾任男朋友，

現在她老是加班，難道藕斷絲連嗎？該不會女兒其實是前男友的種，他只是便宜老爸？

每晚和妻子同床共枕，何景昇總是睡不著，睜大眼睛瞪著妻子，彷彿看見妻子正和其他男人做愛。腦子裡偶爾竄出想伸手勒斷她脖子的衝動，某晚他甚至將妻子看成蘇慧玲，他驚恐地大叫，害妻子驚醒，責怪他。

從此他寧願睡客廳沙發，也不願跟妻子同床。

是罪惡感嗎？良心不安？

何景昇搞不懂自己怎麼回事，他是無神論者，他不信神鬼，他只信科學，可以用實證證明的科學遠勝過虛無縹緲的宗教。可如今他感覺自己像被鬼附身，無法提出實證的現象就在他自己身上發生，他第一次覺得自己需要去醫院看身心科。

某次在課堂授課，他瞪著臺下的學生，每一個人突然都變成蘇慧玲的臉，他嚇得臉色蒼白，提早下課，匆忙回研究室休息。

我怎麼了？

何景昇感覺自己像被困在黑洞裡，黑洞的引力強大無比，連光都逃不了，他早已陷入。

原本逃過一劫覺得自己運氣很好，但隨之而來的是更多的疑惑，他無法不去思考，去探究真相。

火災是真的意外嗎？他非常確定他離開時蘇慧玲已經死亡，她不可能自己爬起來燒房子，會是誰？

那個人知道是他殺了蘇慧玲嗎？跟蘇慧玲又是什麼關係，是小孩的父親？那個人知道他跟蘇慧玲的婚外情嗎？會不會藉此威脅他？

製造出蘇慧玲自殺假象的目的是什麼？

何景昇不禁一遍又一遍翻閱那幾天所蒐集的相關新聞報導，小報週刊都不放過，各種匪夷所思的揣測，以及後續房東要控告蘇慧玲的父母索賠等等。

然後，他拿出偷偷藏起來的那些遺物。

自從那天衝動之下勒斃蘇慧玲後，他就再也沒碰過，現在他攤放在桌上。

除了勒死她的兇器，他慌張地拿走可能暴露他身分的行事曆、日誌、手機，連筆電都帶走，他沒空搜索，也不知道現場還遺留什麼？

這些東西裡面可能透露出那個人的面貌嗎？

他只能確定一件事，那個人一定是蘇慧玲的新玩具。

5

「妳好，不好意思，現在才過來。」

「沒關係，老師您那麼忙，真是麻煩您了。」

何景昇猶豫很久，終於還是來一趟蘇慧玲的老家拜訪，以論文指導教授的身分過來慰問。

之前他推託因為工作繁忙，派了幾個學生過來參加喪禮代表他上香，並且送上白包。

蘇慧玲的老家在南部，家境不錯，據說她爺爺生前是個大地主，過世後留下不少土地和財產。她父親是獨子，繼承所有遺產。蘇慧玲也是獨生女。目前母親是全職主婦，父親擔任高中教職，還未退休。

何景昇抵達她家，是一棟有日式風情的院落，庭園美輪美奐，彷彿是日治時代的遺屋，打掃得相當乾淨整潔。

屋裡有蘇慧玲的遺照和牌位，何景昇先去上香，才坐下來和蘇母談話。

即便是黑白照片，蘇慧玲精神奕奕的大眼睛和甜美的笑容依舊如此鮮明，就像她仍存活在世間，不曾離去。

事發至今已經過了五個月，何景昇終於鼓起勇氣過來，可這一刻他的雙手仍忍不住顫抖。

蘇母的氣質頗佳，留著一頭齊肩的頭髮，母女的眉目神似，何景昇不禁揣想若是蘇慧玲仍活著，年紀大了應該就是這副模樣。

客廳桌上放置著茶點，何景昇坐在沙發上，感覺這屋裡仍彌漫著一股說不出口的憂鬱氛圍，他暗忖蘇慧玲是獨生女，沒有任何兄弟姊妹，不知道她的父母親會有多難過？

他心底滿滿的愧疚感，但為了查明事實，他不得不來。

兩人簡單寒暄幾句，蘇母輕嘆口氣，低聲問：「老師，我家慧玲在學校裡沒惹出什麼事吧？」

何景昇笑笑。「她很聰明，本來今年就可以畢業，她的論文已經寫得差不多……」

事到如今，何景昇也只能承認現實，蘇慧玲和他上床應該就是為了畢業。她的論文幾乎都是由他動筆，這和其他研究生得幫教授做牛做馬的情況相反。年紀一大把還得當女人的工具人，想想真悲哀。

蘇母用一種莫測高深的眼光盯著他。

「老師，您不用瞞我，她畢竟是我的女兒……」她的唇邊揚起一抹詭異的弧度，像是笑又像是哭。「您過來應該有別的事吧？」

何景昇吞口口水，好像被看穿心思。「我可以看看她的遺書嗎？」

蘇母沒說什麼，直接起身去房間裡。這短短幾分鐘，何景昇喝著茶，覺得自己彷彿踏入另外一個星球裡。在那裡，時間是過得如此緩慢，他的心思飄至愛因斯坦的研究，關於時間、關於空間、關於重力……自己像是被一股引力拉扯、擠壓，難以預測最終的結果。

蘇母出來時，手上拿著一個長方形淺藍色紙盒，盒子扁扁薄薄的，她打開盒子，拿出一封淺藍色信箋[1]，遞給他。

何景昇慎重地接下這封信，打開信封，抽出裡頭的信紙，同樣是淺藍色信紙，果然是蘇慧玲熟悉的筆跡，她的字體很特別，娟秀又帶點狂亂，好像人格分裂一樣，看過一次就不會忘。

這封信經過警方鑑定，確實是蘇慧玲親筆寫的遺書後，就還給家屬了。

信的內容很簡單，就是說自己身受躁鬱症之苦已經多年，不想再給周遭人添

1. 編註：此處為作者筆誤，與一三八、一四〇頁的描述有出入，正確應為白色信封與A4活頁紙。為保留參賽作品原貌，這裡不作修改。

麻煩，於是決定自殺，而且她受不了房東的威脅，老是要趕她離開租屋處，還用難聽的字眼咒罵她，她決定把他珍視的房子燒光光報復他，最後有署名以及日期，就在她自殺的前一天寫的。

但何景昇回想那一天，她當時看起來一點都不想要自殺，而且說「我還有別的事要忙」，要他快滾。

她真的有自殺意圖嗎？

那天究竟是誰在他之後去她住處？她在等誰？

蘇母一直凝視著他，輕聲說：「其實我女兒不只寄這封信回家。」

何景昇抬頭看她，她將盒子裡的其他東西放到桌上。

「還有這兩樣，不過我覺得沒必要交給警察。」

何景昇看著那兩樣東西，是一支黑色鋼筆，以及一個銀色的隨身碟。

「為什麼要寄這些東西給你們？」

「我不知道，就算我是她媽媽，也不一定猜得到慧玲在想什麼。」她語帶譏諷地說。

說不定可以從這兩樣東西找出那個人？

或許他渴望的眼神洩漏了他的心思，蘇母突然說：「老師，您想要就給您吧。」

何景昇嚇一跳。「可以嗎？可是這是慧玲留給你們最後的遺物……」

蘇母漠然以對。「她死了，我鬆一口氣。」她面無表情地凝視桌上那杯茶，又說一句。「那孩子連死了都要給我們找麻煩。」

何景昇想起曾看過房東控告蘇慧玲父母親的官司新聞。

其實他也有過同樣的心情，誰殺了她都好，讓她消失在世界上，別是我動手就好了，最好的結果就是她殺了她自己，這樣對大家都好……

「蘇女士，妳認為慧玲真的是自殺嗎？」他也不知道自己幹嘛問這種問題，但他真想知道蘇母的想法，她可能認識那個人嗎？

「她做出什麼我都不意外。」

何景昇收下盒子裡的東西，離開蘇慧玲的老家。

坐在高鐵回臺北的車上，他思忖著或許在那個家裡，早已努力清空蘇慧玲活著的痕跡。

6

何景昇將蘇慧玲寄回老家的三樣遺物整齊地放置在客廳桌上，分別是一支鋼筆、一封遺書，以及一個隨身碟。

鋼筆筆身用燙金色字體寫著某某醫院，還署名「鍾智楷醫生」。

何景昇已經在網路上查過醫院和那名醫生的資料，鍾智楷是一名婦產科醫生，除了那間醫院，也在另外一間大型教學醫院看診。履歷很完整，名校畢業，年紀和自己相仿，附上的大頭照片看起來五官輪廓很深，是個很英俊的男人。他看一下網路上的整體風評很好，大多誇鍾醫生很有耐心、體貼、很專業、長相帥氣，而且單身……何景昇搞不懂那些女人在想什麼。

不過至少他沒看到有任何對鍾智楷醫生的抱怨、批評或投訴的新聞，一致推崇他的醫術佳。

所以蘇慧玲懷孕以後就去看這名醫生的門診，還順手牽羊偷了他的鋼筆？何景昇暗自推理。

他其實知道蘇慧玲有偷竊癖。她的家境很不錯，可以供她專心讀書求學，連打工都不必，但她喜歡偷東西。曾經有學生跟他抱怨過蘇慧玲將系上公用的物品占為己有，直接帶回家當成她自己的私物，就算被檢舉她也毫不在意。

何景昇不會處理這種事，他是人際關係的苦手，交代幾個學生自己私下解決，他不想介入，後來怎麼處理他也不清楚。從此學生們也不會再跟他提蘇慧玲的事，但他知道她這毛病始終沒改。

他拿起鋼筆仔細查看，還打開筆蓋檢查，書寫，都沒發現任何特殊之處，就算蘇慧玲偷了醫生的筆，為什麼要特地寄回老家？

他將筆放下，盯著桌上的遺書，看過內容之後他確認是蘇慧玲的筆跡，為什麼要把遺書和鋼筆一起寄回家，莫非她在暗示她的自殺意圖和這個醫生有關係？

他已經檢查過隨身碟，裡面共有三段錄音檔案，是用手機錄的，檔案名稱是日期，沒有其他標註，儲存的是蘇慧玲和一名男性的談話，大部分都是蘇慧玲開口，話語中透露出有輕生的念頭，而男人只是安靜地聆聽，偶爾應付幾句。他仔細分析男人說的話，多是忽略過蘇慧玲的自言自語，而是提醒她懷孕的情況和提供她應注意事項，他猜想應該就是婦產科醫生鍾智楷。

不過裡面有段對話讓他很在意。

妳真的想死嗎？

是，我真的想死。

我可以幫妳。

幫我什麼？

幫妳結束自己的生命。

以及另外一段對話。

醫生，你怎麼都不理我？你不是會幫我嗎？

妳真的想死嗎？

我懂了，醫生，我會準備好。

何景昇反覆聽了好幾遍，確認沒聽錯。

那幾句話都是男人說的，雖然聽起來很像是受不了女人的抱怨嘮叨，而出口諷刺她，根本沒當一回事，可是蘇慧玲卻特地錄起來，還保存這幾個錄音檔案，為什麼？

他看著桌上擺的三樣物品——鍾智楷的鋼筆、蘇慧玲的遺書，以及兩者間對話的錄音檔案。

何景昇特地去查刑法，裡頭有加工自殺罪，但僅憑這幾樣東西，更像是捕風捉影、斷章取義地陷害，不可能當作是鍾智楷醫生幫助蘇慧玲自殺的實質證據，除非……

何景昇心中一凜，心臟劇烈跳動，一個怪異的念頭從腦裡迸出，除非蘇慧玲在暗示：鍾智楷醫生會在現場幫助她自殺？

有可能嗎？一個前途大好、事業穩定、受人景仰的醫生何必……何景昇聯想到自己此刻的處境，突然覺得什麼事都可能發生，任何人都可能做出意想不到的事情，即便動機很詭異。

如果他的想法沒錯，蘇慧玲寄這三樣東西回老家就有重要的意義。

7

何景昇大學時期有個同居室友叫阿饕，念資工系，非常瞧不起文組學生，特別是法律系學生在他眼裡就是一群只會耍嘴皮的吸血蟲，對社會一點助益也沒有，毫無實質貢獻，連建築工地的工人都比他們有用多了。

他對法律的論調就是：法律是用來對付好人，對壞人根本沒屁用。

「這樣說好了，如果一個人犯法被抓，你認為他是好人，還是壞人？」

「壞人吧。」

「為什麼？你又不認識他。」

「好人應該不會犯法。」

「你看，這就是法律可笑的地方，犯法就是壞人，守法就是好人，憑什麼？」

他一直堅持法律制度最愚蠢之處，在於即便犯罪只要沒被抓到，就會被歸為好人，社會光明正大地縱容人們鑽法律漏洞，投機取巧。

「可是如果沒有法律，要怎麼維持社會秩序？」

「你認為如果沒有法律，好人就會殺壞人，壞人就會殺好人？」

何景昇已經忘記自己當初怎麼回答。

不過，他和阿饕的友誼始終持續著。

此時此刻，何景昇回憶著大學時期兩人之間偶爾的談話，再比對現今的處境，他因為一時衝動而殺了自己的學生兼婚外情對象，在世人眼中就是個不折不扣的壞人，他想唯獨只有阿饕不會用世俗的價值武斷地評價他。

事實上他現在急需要他的幫忙。

他請阿饕幫忙駭進鍾智楷任職的兩間醫院，偷出他所有病人的病歷。

阿饕平時在科學園區的某科技大廠工作，私底下則是個超級駭客，技術一流，他最喜歡做的就是挑戰社會建構好的安全秩序，他常常笑說現代人為了便利，把自己的一切隱私都賣了還不知道。

他最大的本領就是可以用一臺電腦進入任何想去的地方，無孔不入。

在他眼中，防火牆或防毒軟體就是扮家家酒，防君子不防小人，尤其像是一些大型機構，政府機關、銀行、醫院等等擁有大批個資，卻資安漏洞百出。現在什麼都電腦化了，資料全部數位化，還互相流通，很方便管理，可是碰上有心人士攻擊系統，基本上脆弱得不堪一擊，不入侵簡直是縱容他們資安人員的愚蠢。

阿饕最讓何景昇欣賞的一點就是，他不問目的，只要給他要的酬勞，他可以非常有效率地完成任務。

雖然在大眾眼中，阿饕是典型反社會人格，可是何景昇覺得他比他認識的大多數人都聰明，有思想，不只是為反而反，他有他堅持的理念。

三天後，阿饕將檔案傳給他。

何景昇也在這幾天寫了一個簡單的程式，讓他的電腦幫他做點工作。

這個程式可以幫他比對鍾智楷所有過去的病人名字和網路上類似的名字，並且同時連結幾個特定的關鍵字例如「意外」或「自殺」，從所有可能的新聞報導、論壇文章和社交網絡去搜索任何消息和線索，找出符合這幾樣特徵的病人。

只花一天的時間，程式搜索出二十五個可能人選，何景昇接著在其中仔細對比病歷當中的年齡和其他條件，確認共有十四名是鍾智楷的病人，包括自焚的蘇慧玲。

鍾智楷成為正式醫生至今執業十二年，有十四名病人因為意外或自殺死亡，就統計學而言不算異常數字，當然程式搜尋的是已公開的新聞事件，如果沒暴露出來的也可能因此遺漏，也就是數字可能超過十四，但能用這個數字將鍾智楷和這些病人的死亡連結在一起嗎？

何景昇輾轉反側，他的失眠情況更嚴重了。

身為一名物理學家，他的專業是思考，如何去驗證理論，尤其在科學家不可能親自去探索宇宙間的黑洞、蟲洞，不可能穿越時空限制的情況下，用實驗證明自己的想法，想像力很重要，但最重要的是謹記，相關不等於因果，揣測不等於事實，要有證據，不可以用推測下結論。

何景昇仔細詳讀那十四名病人的病歷，除了婦產科，同時都有身心科的病歷，只有一名女性例外，他想起蘇慧玲也有重度躁鬱症。

這十四名病人的死亡包括五人上吊自殺，三人燒炭，兩人落水，三人跳樓，以及一人縱火自焚，其中一半是獨居者，另一半則有家庭，選擇荒郊野外處結束生命。

從這十四名死者的新聞看來，確實都留給鍾智楷能介入的空間和時間，就像他將被殺害的蘇慧玲布置成自殺，可以神不知鬼不覺地加工，殺了那些女人，然後再偽裝成她們是自殺。

可是為什麼？他能從中得到什麼好處？難道是愉悅犯，只是為了爽？

何景昇發現自己又驟下結論，目前都是推論，有可能，有相關，但無法證明是因果關係，這些推測中間太多變數，他必須要有證據直接證明是鍾智楷介入才導致她們死亡，否則都是幻想。

然而何景昇始終有個想不透的點：如果鍾智楷真是連續殺人犯，在他抵達蘇慧玲的住處時，蘇慧玲已經死亡，他為什麼非要布置成自殺？

8

中華民國刑法第二百七十五條：加工自殺罪

I 教唆或幫助他人使之自殺，或受其囑託或得其承諾而殺之者，處一年以上七年以下有期徒刑。

II 前項之未遂犯罰之。

III 謀為同死而犯第一項之罪者，得免除其刑。

何景昇發現這十四名死者當中沒有人用藥物自殺。

他知道有些藥可以讓人死得像心肌梗塞，或者也可以使用氰酸鉀一類藥物，對醫生應該很方便取得，但沒有。

這些死者的自殺死亡方式都很平常，沒有線索指向外人可能涉入，而是死者本身就可以完成。

何景昇盯著電腦螢幕上鍾智楷相貌英俊的照片，對他越來越好奇，偏偏他是婦產科醫生，何景昇毫無上門診去試探他的機會。

我在幹嘛？以為在演偵探電影？

仔細想想，何景昇覺得自己蠢到可笑，無論鍾智楷是否涉案，是否是個殺人魔，那場火災幫自己擺脫殺人嫌疑，他反倒要自找麻煩，揪出真正的縱火者，瘋了！

他把蘇慧玲寄回老家的三樣遺物收好，開始沉迷於研究他偷來的日誌、行事曆、3C用品……

他越詳細看她的日誌，越覺得她是個婊子、神經病、賤人……他在心底用盡各種難聽字眼辱罵她，簡直就是一臺公交車，不自愛，濫交，除了他之外還跟一堆男人亂搞，有時候還玩3P、4P，雜交派對，他慶幸自己每次和她性交都戴套，要不然說不定被她傳染性病，他夠蠢才會相信自己是她肚子裡的孩子的老爸。

即便如此他仍深受她的吸引，她癲狂的文字如同她的人，用各種代號與圖案貫穿其中，像在玩解謎遊戲。

他猜日誌裡的Dr. zh應該指的就是鍾智楷醫生。

寫著Dr. zh代表去看婦產科，而且次數越來越頻繁，每次旁邊都會畫上開心的笑臉，特別是那一天——他殺死她的那一天，同樣寫著Dr. zh，並且畫著三個大大的笑臉，還附註：

1三罐汽油

2包裹

3賤房東的β

旁邊都打勾，貌似表示已經做好準備。

過去這幾個月，何景昇常常夢到那天，不斷地複製原來的場景，他都不太確定到底哪些是自己的想像、哪些是現實，但他可以確定，他去找她的時候她不像要出門，也不像剛回來，所以最有可能的便是她正在家裡等Dr. zh，所以她要他快滾。

他確實注意到房間角落放著汽油，不確定有幾罐，也沒放在心上，當時他掛念著其他事，按照新聞報導，已經證實是她自己去買汽油，一名加油站的工讀生告知警方是他賣汽油給蘇慧玲，會記得她是因為她長得很漂亮，講話卻有點瘋瘋癲癲，看起來興奮過頭，語無倫次。

警方調了加油站的監視錄影影像查看，確認是在她自焚死亡前三天，她特地騎車去加油站買三罐汽油。

至於第二項的包裹，應該就是寄回老家的包裹，裝著遺書、一支鋼筆和儲存錄音檔案的隨身碟，在自焚前一天用掛號寄出。

第三項像一個草寫的英文字母B，意義不明。

他反反覆覆查看，查遍用B開頭的英文字試圖解謎，連夢裡都在想，卻始終沒有端倪。

他知道蘇慧玲討厭房東，曾經抱怨過，還說他是老色鬼，但那跟B有何關係？

他不敢去探詢房東的口風，或許鍾智楷知道什麼？

何景昇決定聚焦在這個婦產科醫生身上，但他不能變成孕婦去試探他，不過他手上有他目前所有病人的病歷，這也許可以找到揪住他狐狸尾巴的線索？

他從中篩選除了看婦產科也同時看過身心科的病人，症狀大多是憂鬱症和躁鬱症，其中有三名病人兩個是重度憂鬱症，另一個則是重度躁鬱症，和蘇慧玲一樣。

鍾智楷有可能對她們下手嗎？

他沒有機會接觸鍾智楷，更要小心不能讓他發現他的存在，從病人下手應該是最好的方法。

這需要耐心、毅力、能忍受枯燥漫長的等待……

何景昇的腦子裡萌生一股奇妙的執念——他想保護這三個女人的生命。全世界只有他知道她們已經陷入危險的陷阱中，她們其中一人可能已經成為連續殺人魔的目標，只有他察覺到也只有他能介入阻止。

這個念頭同時驅除了他的罪惡感，他監視她們是出於善意。

他以身體狀況不佳為由向學校請長假，至於手上的幾名論文指導學生則轉給其他教授負責，現在他有更重要的事得處理。

妻子吵著要分居，他順勢而為乾脆直接去外面租房子，接下來他沒空應付家人的情緒，他要專心。

他先各花一星期時間密集觀察三個女人的作息。

每個人的生活都可以歸納成一條簡單的公式，如同宇宙的運行，形成連自己都未必察覺的規律。

他分別觀察記錄三名女人的日常，一旦脫離常軌，非常可能就是有外來因素干擾，而這個因素極可能就是鍾智楷。

病歷表上有她們的健保卡，標註著住家地址，何景昇偷偷在她們住處附近的巷口監視器安接轉換器，會將影像同時輸送到他的新租屋處，另外他還仔細調查她們的家庭狀況，在確認她們擁有的汽車和機車後，悄悄安裝追蹤器。

為了不搞混，他分別用三臺電腦、三個螢幕來處理，冠以姓氏稱呼，分別為「張女士」、「方女士」以及「陳女士」，沒有必要為了節省或便利而有一絲絲機會出錯，反正他的新住處除了吃睡就是為了她們而設的據點，要待多久他自己都不知道。

每當空閒，他會一邊喝啤酒一邊研究十四名死者的新聞，思索著鍾智楷的內心意識，鍾智楷真的幫忙她們「加工自殺」或者只是他自己的無來由揣測？如果鍾智楷真是個連續殺人魔，為什麼？

十四件案子裡大多發生在入夜至深夜，唯獨蘇慧玲的案子發生在大白天，何景昇常常閱讀她的日誌，她用各色筆、各種符號畫得花花綠綠，卻隱藏著某種奇特規律，她似乎更適合當一名藝術家，然而，β代表什麼他仍毫無頭緒。

他喝得醉醺醺好入眠，在夢中蘇慧玲仍活得好好的，他沒有一時衝動跑去她的住處找她，他沒有一時衝動勒死她，她仍是初識時會用甜甜的笑容呼喚他的女人……

教授，你好厲害，我好崇拜你。

因為渴求這年輕女人的恭維，一遍又一遍，導致落入這般地步，然而時間不可能重來，他比誰都清楚，唯一能改變的是未來。

那晚，「陳女士」的住處巷口監視器有動靜，他看見她大半夜開車出門，這不是她尋常的舉動。

何景昇決定跟蹤她，就算撲了空也沒損失，他在她車子上安裝的追蹤器指出她正迅速駛離家園，並且越來越往偏僻的地點移動。

他看了眼車上顯示時間，已經過了午夜，很難沒有其他聯想。

當他快追上她的車子時，發現她停下了，停在某個定點不動，他考慮幾分鐘，決定在離她的車子有點距離的地方也先按兵不動，等一下再追上去。

此時，夜深人靜，萬籟俱寂，他也不太清楚自己到了哪個荒郊野外，孤獨地縮在車內駕駛座，後悔沒帶杯咖啡或水過來，誰知道得等多久？

想想自己的行為真荒謬，要是警察來盤查他就好笑了。

何景昇感覺疲憊，原本只想閉眼稍微休息一下，沒想到驚醒時，時間已經過去兩小時，而陳女士的車子仍動也不動。

糟糕，一定出事了！

他飛車過去，就見陳女士的車子停在路邊，這個路段旁邊傍著山，另一邊則靠近海，三更半夜幾乎沒車經過。

他小心翼翼停好車，從車內置物廂拿出一支手電筒，下車過去查看，才靠近車旁，他頓時驚愕地停住。

她已經死了。

9

沒有，沒有，都沒有！

何景昇翻遍各個新聞網站，搜索各大八卦論壇，但一名婦女吞安眠藥在車內燒炭自殺的消息只占據一個小小版面角落，沒有掀起熱烈的討論。

這不應該發生，因為他明明把那個東西丟在命案現場，除非警察眼瞎，不然一定會看見。

就在二十四小時前，他人在陳女士的自殺現場。

深夜，何景昇手持一支手電筒靠近陳女士的車，她的車停在岸邊，四下無人無車，昏黃的路燈距此還有段距離，基本上可以說周遭烏漆抹黑，只聽見規律的海潮聲，放眼望去可見海面上出海捕魚的漁船稀疏燈火。

他望向駕駛座，差點嚇壞。

陳女士斜倚著椅背，雙眼緊閉，頭垂落一旁，身上繫緊安全帶，貌似睡得很熟，另一邊的副駕駛座則有燃燒的炭盆。

一股味道傳出，他醒悟車內正在發生什麼，也不知道她人究竟昏迷多久，非常可能已經死了。

他想開車門，瞬間遲疑。

他要如何解釋自己此時此刻身在此處？三更半夜來到偏僻的海岸邊，剛好救到一名自殺女子？

女人的家屬應該已經報警搜尋，說不定沒多久警察就會找到她的車，如果發現車上有來路不明的指紋……

何景昇緩緩後退，掙扎著要不要讓自己冒險牽扯進去？

而且他不確定女人的自殺究竟是自己所為，或者如他先前所揣測被其他人加工自殺，有人協助她？

他睡著了，沒有親眼目擊，錯失捕捉直接證據，逮捕現行犯的機會，如今懊悔也來不及。

突地，他想到一個點子，迅速搜了搜外套內袋，太好了，有帶出來。

何景昇拿出那支鋼筆，上面刻了「鍾智楷醫生」的名字，他拿出手帕徹底擦乾淨筆身，不能留下一點痕跡，然後扔在車子駕駛座外面的地上。

在這種荒郊野外掉落的一支鋼筆加上剛好又有人在車內自殺，這支筆的所有人又是自殺者的醫生……稍微有點警覺性的警察都會起疑心，何景昇對臺灣警察的專業能力還是很信任。用這種方法把鍾智楷牽扯進案子裡，讓警方詳細調查他，包括調查他的不在場證明，自然會找到他是否涉嫌加工自殺的線索，而他自己則可以完全排除在外。

何景昇自認採取最佳措施才離開，離去前他再度看了眼駕駛座內的女人，心底有根刺，隱隱作痛。

終究他還是開車走了。

接下來度過的一分一秒對他來說宛若煎熬，心急如焚，回到住處後他打開電視，等新聞，隨時滑著手機跟蹤最新的新聞動態。

時間的流逝竟是如此漫長。

他想像自己已經被放逐到某個星球，在那裡，他的一分鐘猶如地球的一年，他已經度過六十年、一百年、一千年……他老了，蒼老得無人認識。

他想休息卻睡不著，迷迷糊糊地，終於在中午過後，電視新聞臺出現那條公路，以及那輛車。

新聞報導車內有名三十多歲婦人，昨晚和家人大吵一架後，駕車出門，恐有輕生念頭，家人緊急報警，可惜找到人和車時已經沒有生命跡象。婦人生前有重度憂鬱症，懷孕之後的情況更嚴重，長期失眠，先前已經有過兩次自殺紀錄……

各家新聞臺報導大同小異，都是何景昇已經知道的訊息，問題在於沒有一家媒體報導他留在現場的那支鋼筆……有家新聞臺的ＳＮＧ車開到現場拍攝，他特地錄起來反覆查看，警察已經用封鎖線圍起現場，太多人圍觀了，根本看不到車外地面的情形。

他焦慮地走動著。

難道那支筆被其他人撿走了？或者警方根本沒把那支筆當回事，不認為是跟案件有關的證物？

會不會兇手那時候根本沒離開，等他一走，就直接把鋼筆撿起來帶走？

為什麼沒有一則新聞提到那支筆呢？

何景昇一直追蹤後續消息，然而這則新聞只有一天的存在價值，完全沒有任何後續可言，家屬對死因無異議。

過了一星期，何景昇開車重回舊地，警方把人和車移走後，取證完成，那裡已經恢復尋常模樣，完全感受不到曾經發生過命案。

他將車子停在案發時的位置，此刻陽光普照，他真正看清楚所在地方。這條公路是雙線道，依山傍海，因為可以觀海，特地在岸邊鋪上水泥地，圍起護欄，闢出行人走道以及停車場，偶爾還有行動咖啡車停駐。然而陳女士所停車的地方則是較獨立狹小，停車格只能容納三輛車，他下車仔細查看周遭，地上只有垃圾，沒有那支鋼筆。

何景昇毫無頭緒，呆呆望著湛藍海洋，不知道下一步該怎麼做，他甚至不敢打電話去警局詢問：到底怎麼回事？你們沒看到那支鋼筆嗎？為什麼不把鍾智楷抓起來？他是連續殺人犯！

妻子寄來離婚協議書，她要房子和女兒的監護權，何景昇無力跟她爭執，她想怎樣就怎樣吧，反正他也早就不是她嫁的那個人了。

陳女士的死給他的打擊太大，他已經無心繼續跟監鍾智楷的其他病人，決定回學校教書，強迫自己移轉生活重心，系上的同事和學生看見他都嚇一跳，這段時間他至少瘦了二十公斤，面色憔悴，他已經不敢多看鏡子裡的自己。

人不人，鬼不鬼。

他失眠的情況更嚴重了。

他老是夢見自己被關在一臺車子裡，陳女士坐在駕駛座，蘇慧玲坐在副駕駛座，而他坐在後座，車內反鎖。

他拚老命想出去卻出不去，他努力地敲窗戶。

救救我！誰來救救我！

兩個女人大著肚子，貌似乾屍，朝他撲來，呼喊著：

為什麼不救我？

為什麼殺我？

何景昇驚醒，痛哭失聲。

他無法不自責，當時如果他直接打開車門或打破車窗，甚至及時打電話報警，或許有機會救陳女士和她的孩子一命，誰知道呢……

我殺了四個人。

總是這樣，他用力捶打自己的頭，猶豫不決，然後作出錯誤決定，是個徹底的失敗者，沒用的廢物！

他感覺自己已經瀕臨崩潰，必須去找身心科醫生求助，但他敢吐露自己是個殺人犯嗎？

這時，他的手機有通來電，顯示是陌生的電話號碼，難道是詐騙電話？

「喂？」

「是何景昇教授嗎？」

男人的聲音聽起來頗耳熟，但何景昇一時想不起來。

「我是……你是誰？」

「果然是你……你是蘇慧玲的論文指導教授？」

何景昇的心臟差點停止跳動，他想起那聲音在哪裡聽過了。

「你是鍾智楷醫生？」

對方發出輕快的笑聲，接著迸出冷冷的四個字。

「殺人兇手。」

第三章

1

那天，鍾智楷從警局回家後，仔細閱讀蘇慧玲的病歷表。

他一向認為從人的病歷表可以窺探生命歷程，有人簡單俐落，有人異常複雜，而大部分的人就是普通，不好也不壞，偶爾有小感冒，可能不幸發生意外要住院，也可能生重病要開刀……都是預期之內的發展。

蘇慧玲的人生雖然短短二十幾年，卻是超乎尋常地精采。她的智力沒問題，相當聰明，是個家境優裕的獨生女，但情商幾乎為零，學校的團體生活對她來說堪稱折磨，對她身邊的人同樣是折磨。他仔細看了她的心理診斷報告書，就是不斷地破壞他人的生活以及毀滅自己的人生。十六歲讀高一的時候曾經看不爽隔壁鄰居，於是企圖縱火燒他們的房子，幸虧及時阻止才沒釀成大禍。從此多次進出療養院，三不五時就去偷東西，從文具店的十元鉛筆到百貨公司的昂貴名牌包……她就是無法控制自己，毫無自制力。

鍾智楷相信偷走他的鋼筆的人就是蘇慧玲，雖然沒有實質證據，她最有嫌疑。

而刻意將那支鋼筆掉落在陳怡文自殺現場的人，他相信就是殺了蘇慧玲的兇手。

這其實並不意外，那名真兇在得知命案變成自殺案件後，一定會很好奇究竟是誰插手？進一步地追蹤到他身上。

也就是蘇慧玲可能握有可以證明他是加工自殺者的證據，而那份證據已經落入真兇手上。

鍾智楷不得不揣測，或許從蘇慧玲命案發生後至今幾個月，那個人一直在暗處觀察他、調查他、跟蹤他，並且知道他的計畫，掉落那支鋼筆的目的就是想讓警方追蹤到他……事實上那個人真的成功了。

鍾智楷思考很久，認為這是最可能成形的推論。

蘇慧玲有偷竊癖，趁著他和護理師不注意時拿走他的鋼筆，這可能發生，至於她拿走筆的動機不得而知，畢竟她是慣犯。

她偷走筆之後，有機會從她那裡再次拿走那支筆的人……鍾智楷想起命案發生那天，她住處的行事曆、日誌、筆電……統統不翼而飛，很可能正是兇手在行兇之後連著兇器一併帶走，當然，拿走那支筆也有可能。

兇手會帶走那些東西，代表很可能從那些東西裡會曝光兇手的真實身分，這意味著那名兇手跟蘇慧玲有一定的聯繫。

會是誰？難道是蘇慧玲肚子裡未出世孩子的父親？

鍾智楷難以置信自己竟然毫無察覺。

他起身，凝望著客廳玻璃窗上自己瘦削的倒影，此刻，是否有人正在監視著他？

那天他特地把蘇慧玲被殺害的犯罪現場布置成自殺現場，只有一個人知道，就是兇手。

問題是那名兇手怎麼推論到他身上，以及推論他可能對其他病人下手？鍾智楷不相信僅憑一支鋼筆就能下結論，一定還有其他東西，蘇慧玲還藏了什麼？

*

鍾智楷決定從蘇慧玲的人際關係下手。

她不像其他時下年輕女孩在網路上有豐富的交流，他查了一下，她沒有臉書、沒有推特、沒有Ins、沒有Line……基本上能搜到的都是「別人談論的她」。

甚至沒有人知道她懷孕。

匪夷所思。

雖然有點冒險，鍾智楷進入蘇慧玲就讀的大學研究所，冒充是她親友的身分，小心翼翼地打聽她的情況，詢問她是否有交往親密的異性朋友？

幾乎所有人的答案都一樣——不知道，或者跟她不熟。

沒有人跟她親近，她沒有朋友，私生活很亂。

那些校園裡的年輕學子看著他，也許顧慮到他的假身分，用詞格外謹慎。

這是鍾智楷不樂見的結果，他想聽的是真心話。

他進一步去拜訪她就讀的系上的幾名教授，蘇慧玲修了幾門課，那些老師對她的評語也很一致，不外乎認為她很聰明、很活潑、只是偶爾情緒控制失當……

「沒想到會發生這種事，很遺憾。」

系主任是一名六十多歲的男性，頭頂已禿光，只留下一層薄薄的白髮，滿是皺紋的臉上顯露出來的表情，似乎真的對蘇慧玲充滿憐憫之意。

「我想見她的論文指導教授，方便嗎？」

「她的論文指導教授我記得是何景昇教授吧……他請了長假。」

「為什麼？」

「好像是身體不舒服，已經有半年了……」

鍾智楷最主要的目標就是何景昇教授，沒想到會撲個空。

何景昇是理論物理學家，鍾智楷先前已經檢查過從蘇慧玲住處拿來的隨身碟，那是他身邊唯一擁有她留下的東西，裡面儲存的是她的碩士論文。

他不知道為何兇手沒拿走，或許因為這不重要，或許因為那個人不知道這裡面儲存什麼，更可能因為那個人沒時間仔細檢查，遺漏了。

無論如何，有必要詳細調查何景昇教授。

2

蘇慧玲的論文研究和「重力助推」有關。鍾智楷大致瀏覽一遍，他的物理學在高中畢業後就全部還給老師了，實在是不感興趣，然而基礎仍是有的，即便不懂論文研究核心，也判斷得出來整篇論文的大架構已經很完整，只需要細節的補充和修改……何景昇的主要專長研究領域則是重力物理。

為了徹底調查何景昇，鍾智楷做了很詳細的功課，包括他的家人、他的事業以及他的人際關係……

何景昇每年固定發表兩篇到三篇的論文，都刊登在權威學術期刊上，在他的研究專長領域是頗富盛名的學者。根據鍾智楷探訪系上的學生和同事們的反應，他們和何景昇的交情普通，即使是他帶的幾名論文指導學生也都和他不熟稔，不親近，純粹的上下關係，而他也不會濫用教授的名義去施壓或壓榨學生，至少在專業方面是真正有能力、受肯定。

「何教授跟蘇慧玲的關係怎麼樣？」

一個名叫阿博的學生歪著頭思考很久，才回答他。

「不知道，好像不是很熟，之前蘇學姊因為一些事情跟其他學長、學姊起衝突，教授也不管，要他們自己處理。」

「什麼事情？」

阿博可能意識到鍾智楷的身分而支吾其詞。

「其實我也不清楚……」

鍾智楷微笑。「聽說那天是你去何教授的家裡通知他慧玲的死訊？」

「對啊，剛好那天我有事去何教授家，我們系上的Line群組都傳遍了這個消息，結果教授完全不知道。」

「他的反應怎麼樣？很驚訝嗎？」

阿博皺起眉頭，好像回到當時的情境。「教授說『她不可能自殺』，口氣很激動……」

在何景昇周邊，其他人對他的觀感不外乎，他是個一心一意、專心學術研究的工作狂。他最近發表的論文主題正好也是關於「重力助推」，有趣的是，就算鍾智楷的物理普通，也看得出蘇慧玲的論文主題正好是那篇論文的延伸……一篇碩士論文的內容研究堪稱博士論文的質量？

他越來越好奇這師徒二人的關係。

何景昇的請假理由是養病，在此之前他從未請過假。請假的時間點距離蘇慧玲死後約四個月，根據他的學生表示何教授沒有去參加蘇慧玲的喪禮，而是請系上學生代為致意。

一定發生某些事。

鍾智楷佯裝是何景昇的大學同事打電話到他家，他的妻子表明丈夫已經搬出去住，有要事或信件寄去他的新住處。

他特地去他妻女的住處觀察，確實都沒看到何景昇的身影，舊居只剩下妻女，他搬家了。

他的妻子完全不知道丈夫請長假一事，也不在乎他是否生病，口氣冷淡。

何景昇是獨子，父親多年前過世，母親罹患失智症，目前住進養護中心，費用則是按月從母親的帳戶扣除。

鍾智楷動用一點關係調到何景昇一家人的病歷。

何景昇的身體非常健康，成年以後幾乎沒看過病，近期只因為喉嚨痛去看過耳鼻喉科，除此之外他沒上過醫院或診所的紀錄。

請假養病很顯然是藉口，想請長假才是真的，有什麼事比他的研究工作更重要？甚至不惜和妻女分居？他想瞞著身邊所有人，做什麼？

何景昇目前的新住處他不得而知，恐怕他是刻意躲著其他人。

學校網頁上有何景昇的照片，他的臉又大又寬，雙下巴，戴著厚厚的眼鏡，瞇著一雙小眼睛，一副沒睡醒的模樣……

網路上有學生批評他「盯著人看的時候很噁」。

鍾智楷越來越好奇他跟蘇慧玲的關係。

有一個地方，鍾智楷考慮很久，還是決定過去。

這會徹底暴露身分，不過他必須確認一件事。

「因為顧慮到病人隱私，所以不能對外透露，可是您是蘇小姐的母親，我覺得還是應該讓您知道。」

鍾智楷帶著小點心到蘇慧玲的老家拜訪，蘇母見到他遞出的名片，相當訝異，仍讓他進屋，為蘇慧玲上香。

「謝謝您，鍾醫生。」蘇母請他在客廳喝茶。

「蘇小姐完全沒跟您透露懷孕一事？」鍾智楷迅速觀察這間屋舍以及內部雅致的裝潢，他相信蘇慧玲確實衣食無憂，家境很不錯。

「沒有。」蘇母淡然地說。

「可是您好像不太驚訝？」

「我是慧玲的母親，我太了解她的能耐，不管她做什麼我都不會驚訝。」

「您知道她有男朋友嗎？」

「我連她懷孕都不知道，她怎麼可能會告訴我……」蘇母想起什麼似地，頓了下。「對了，何教授有來過，他好像滿關心慧玲的，可能會知道。」

賓果！鍾智楷就等著這一刻。

「何教授是？」

「是她系上的老師……」蘇母陷入思索。「好像叫何景昇……」

「他們師生的感情很好嗎？」

「不知道，他想看慧玲的遺書，我把東西都給他了。」

鍾智楷的眼皮微微顫動。

「遺書？您是說蘇小姐寄回家的那封遺書嗎？」

「對，還有其他東西……」蘇母怔了怔，又仔細看了眼鍾智楷的名片。「好像有支醫生的鋼筆，上面就是刻了您的名字……」

鍾智楷微笑。「是嗎？」

「真對不起，我真的不知道是您的東西，恐怕您要去找何教授了。」她語帶歉意地說，說不定早已習慣替女兒跟其他人道歉。

很好，他會去找他。

達到目的，鍾智楷離開蘇慧玲老家，回程途中，他迫不及待在高鐵上打電話給何景昇，這是他妻子給他的手機號碼。

據傳，何景昇前些日子又重新回學校繼續教書了。

真巧，陳怡文自殺一案發生過後，短短不到一個月，何景昇結束休假……看樣子他已經自覺完成某些事？

「喂？」

第一次聽到何景昇的聲音，鍾智楷的胸口竟產生詭異的顫動。

「是何景昇教授嗎？」

對方安靜好一會才回答。

「我是……你是誰？」

鍾智楷深深呼吸一口氣。

「果然是你……你是蘇慧玲的論文指導教授？」

那是幾乎讓時間靜止的沉默，鍾智楷幾乎可以透過電話聽到對方的心跳聲。

「你是鍾智楷醫生？」

鍾智楷忍不住笑出聲。

他知道他，果然如此。

他眼前浮現蘇慧玲死亡的一幕，冷冷地說：「殺人兇手。」

何景昇迅速掛斷電話。

3

目前他手上沒有實質證據，都是自己的揣測和推論，而且何景昇究竟知道多少？

當晚回到臺北住處，鍾智楷花了一整晚，徹底查了一些資料，找到幾樣很有趣的訊息，他迫不及待想跟何景昇分享。

於是隔天他抵達何景昇任職的大學，直接去他的研究室，系辦公室的職員沒說錯，何景昇確實回校園教書了。

何景昇猝不及防，盯著鍾智楷那張臉，一句話也說不出口，看起來狼狽至極。

鍾智楷感到很奇妙。

眼前這個男人暗地裡跟蹤他、觀察他、調查他，那麼長一段時間，而此時此刻他就站在他面前，他甚至不敢正視他的眼睛?!

這個男人竟然企圖幫助警方逮到他？他究竟算是勇敢，還是懦弱？

鍾智楷迅速觀察何景昇的研究室，他喜歡透過一個人的周邊環境來評斷他潛在的性格特質。

何景昇的辦公室不算亂也不算整齊，有三臺電腦，桌上堆了幾疊書和文件，旁邊書櫃則是擠了滿滿的書本和期刊，除了辦公桌椅，還有一套L型沙發組和飲水機。

最左邊的牆壁上掛著一張超大的白板，用黑色簽字筆寫著滿滿的數學公式，密密麻麻的數字和符號，感覺像天書，估計只有他和同行看得懂。

沒有一張家人的照片，沒有一張和朋友的照片，沒有一張他自己的照片，就連獎狀、獎杯或者其他突顯學術成就的獎牌都沒有。

第一眼觀察，鍾智楷發現自己喜歡何景昇，他喜歡他的簡單，而藏在單純背後的複雜或許值得細細分析。

「你有什麼事？」坐在辦公桌後方的何景昇似乎終於回過神，卸下慌亂的心緒，艱難地從嘴裡吐露出字語。

鍾智楷微微一笑，禮貌地遞出自己的名片，放在他的辦公桌上，然後悠然地在旁邊的沙發椅坐下，將黑色公事包放置一旁。

何景昇連看也沒看一眼。

「我等一下跟學生有約……」

「不會打擾你太多時間，」鍾智楷瞇起眼回望著他，清晰地說：「何教授，你別緊張，我今天過來是為了你的妻子和女兒。」

何景昇驚愕地瞪大眼。

「她們怎麼了？」

鍾智楷歪著頭看他。「何教授，你知道催產素嗎？」

何景昇皺起眉頭。

鍾智楷繼續說著：「女人要產下胎兒的那一刻，會陣痛，因為腦部會分泌催產素到血液裡，刺激子宮肌肉收縮，告訴母體妳所孕育的胎兒已經就緒，妳要準備生小孩了。」

「那跟我的妻女有什麼關係？」

鍾智楷不疾不徐，從公事包裡掏出一個文件袋，然後抽出兩張紙。

「你的妻子在婚後做過三次人工流產，俗稱墮胎，是你陪她去的嗎？」

何景昇張嘴，想說什麼又說不出話，呈現出極滑稽的表情。

鍾智楷起身，將兩張病歷表放到他桌上。

「這是你的妻子，沒錯吧？」

何景昇厚重鏡片後方的小眼睛猛盯著病歷表上自己妻子的名字，吞口水。

「這種事沒什麼好談……是我們夫妻之間的隱私……」

「所以你不知道？」

「我跟我前妻已經離婚了！」何景昇忽地大聲對他咆哮：「她以前怎樣我不想管，我不在乎！你來告訴我這些事想幹嘛？就算她有外遇、就算我戴綠帽也不關你的事！」

「我懂了。」鍾智楷將那兩張病歷表收好，然後從文件袋內掏出一張黑白顯影照片，放到他桌上。

「這又是什麼？」

「超音波照片，」他的手放在照片上，輕聲指點：「你看胎兒已經成形，該有的器官已經完整具備，也有明確的生殖特徵，是個女孩，已經五個月大。」

何景昇握緊雙拳，似乎隱忍著怒氣。

「你沒聽懂？我說了我不在乎那個賤女人跟幾個男人上過床，懷孕幾次、墮胎幾次，死了我都不管！她已經是我的前妻，跟我沒關係！」

鍾智楷定定凝視著他，眼底沒有情緒起伏。

「這不是你太太的，是你女兒的。」

何景昇瞬間面如死灰。

「小君……懷孕……」他的嘴唇顫抖，茫然地望著那張圖。「不可能……她才讀國二……」

看來他是一點都不知道妻女的事。

鍾智楷毫無憐憫，繼續說著：「她懷孕五個月才由她媽媽帶去醫院婦產科檢查，大概是瞞不住了……」

何景昇一直搖頭。「不可能，不可能，她那麼小……」

「健康的女性只要月經來潮，每個月固定會有一顆成熟的卵子，在輸卵管等待精子，一旦受精，就會移到子宮……」

「你閉嘴！」何景昇憤怒地將那張圖撕成兩半，眼裡布滿血絲，彷彿拚命忍住不要掉淚。

鍾智楷安靜地將被撕壞的圖片收好。

何景昇癱坐在椅子上，整個人像被抽乾靈魂，只剩一具空殼子。

「蘇慧玲的論文是你幫她代筆的？」

何景昇詫異地看他一眼，無力地點頭。

「你是她的孩子的父親嗎？」

「她說我不是……」

「你為什麼要殺蘇慧玲？」

他搖頭。「我不想殺她……」

「你怎麼知道我的事？」

「慧玲她……把你們的對話都錄下來……」

鍾智楷將文件袋收回公事包內，他已經得到想要的答案。

「小君她打算生下來嗎？」

凝望著鍾智楷預備離開的身影，何景昇忍不住追問。

他回望他，臉上笑容詭譎。

「你希望她生，還是不生？」

何景昇回答不出來。

「她是你女兒，你自己去問她。」

鍾智楷離開何景昇的研究室，將門關好，留他一個人獨處。

他緩步走在長廊上，聆聽自己的腳步聲，輕輕笑出來。

事實上，何景昇的女兒根本沒懷孕，那是另一名孕婦的超音波照片，他只想藉此剝離何景昇所有的防衛因子，徹底對他坦承，說實話。

他要真正的答案，不要任何掩飾。

然而，確認何景昇是殺害蘇慧玲的兇手後，鍾智楷發現自己面對另一個難題——他要如何制裁他？

殺了他？

鍾智楷猛然停下腳步，感到一陣胃痙攣。

第四章

1

何景昇快被鍾智楷逼瘋了。

他請求阿饕幫他駭進鍾智楷的個人電腦，幫他竊取他的個資和隱私訊息，想藉此反制他，然而阿饕婉拒這個要求。

這種行為違反他的原則。

阿饕反社會，但他反的是體制，反的是政府、醫院、銀行、私人企業……這種大型社會組織，他不會為了針對私人恩怨而侵入個人家用電腦、手機或者其他3C產品，他有能力辦到，但這觸碰到他的底線。

何景昇不理解那條底線的意義，或許除了阿饕也沒人能明白，他認清的事實是只要阿饕不願意，不管他出多少價錢他都不可能幫忙，阿饕本身並不缺錢。

「Sun，不管你跟那個人發生過什麼，我覺得你陷太深了，很危險，最好及早停手。」阿饕拒絕他之餘，還規勸他一句。

被一名駭客「訓話」，何景昇真不知該哭該笑，從他口中說出這種話聽起來總感到荒謬。

總之他體認到自此只能靠自己，和鍾智楷一對一，沒人可依賴。

他怕的是鍾智楷會對他的妻女下手。

確切地說是前妻和女兒。

「小君還好嗎？最近有沒有發生什麼事？」

「你還記得有個女兒？還記得要關心她的事？」

打電話回老家，前妻總是對他冷嘲熱諷，他也沒膽子更深入追問，他害怕知道事實——小君真的懷孕了？她要墮胎，還是把小孩生下來？

他不敢問，他不敢查，像隻縮頭烏龜。

不把事實揭穿，還可以假裝沒發生，可以當作不知情。

何景昇對前妻已經沒感情，但女兒小君不一樣，他看著她出生，從小嬰兒逐漸變成孩子，然後長成亭亭玉立的少女。

每次聽到她喊「爸爸」，他總感覺自己蒼白、庸碌、不值得一提的人生還是有那麼一點不一樣的色彩。

小君是那麼可愛懂事的孩子。

鍾智楷會動手殺小君嗎？然後再布置成自殺？到時候他求助無門，想控告他都毫無證據？根本不會有人相信他？

想至此，何景昇不寒而慄，鍾智楷實在太可怕了。

何景昇反覆思考該怎麼做才能保護女兒，要不然乾脆先下手為強，動手殺了鍾智楷?!

不行！鍾智楷要是現在死了，會被當成優秀、值得敬仰的醫生不幸無辜致死，會被當成好醫生來緬懷，這太可笑，他明明是個連續殺人犯！他不配！

何景昇的腦子裡突然竄出一句話——

蘇慧玲的論文是你幫她代筆的？

鍾智楷怎麼知道？

當時他面對鍾智楷突如其來的造訪過於慌亂，沒仔細細想，此刻冷靜下來，回顧他詢問的口氣，像是非常有把握，不是胡亂揣測，他手上一定有把柄，有證據。

何景昇不相信蘇慧玲會主動對外人透露，即便她性格偶爾瘋癲、不正常，但不至於會大嘴巴將自己不名譽的私事到處講，更何況是對一名婦產科醫生，這應該是只有他們師徒二人知道的檯面下的骯髒交易。

只有一種可能，鍾智楷已經看過他幫她寫的論文。

何景昇將論文儲存在隨身碟內，每次寫好一部分就交給她保管和修改，修成她自己的口吻，他甚至不敢用電郵或在雲端上儲存留下證據，怕有任何閃失。

他不得不責怪自己那天太匆忙，沒仔細搜查蘇慧玲的房間，鍾智楷一定是帶走那個隨身碟……不知道他手裡還有什麼其他證據？

何景昇越想越焦慮，思緒不自覺偏離到蘇慧玲研究的主題：重力助推。

其實那篇論文就快完成了，他暗嘆，如果沒有後面發生那些事，蘇慧玲的論文算是他們師徒愛的結晶，即便是他單方面的貢獻……

何景昇決定打起精神，他不相信鍾智楷是完人，他一定有弱點，他得在鍾智楷對他女兒下手之前找到。

既然阿饕不肯幫他，何景昇也不想求助坊間的徵信社，他不信任那些偵探的嘴，只好仰賴網路搜尋引擎，以及他所寫的簡單搜索程式，透過篩選關鍵字，一件一件挑選跟過濾掉無關或重複的訊息，徹底追查跟鍾智楷出身攸關的消息，一點八卦都不漏掉。

他再從中檢閱可用的資訊。

如同阿饕所言，如今現代的網路很強大很便利，同時間個人隱私蕩然無存，即便謹慎小心低調保護自己，還是很難管控到所有的媒介。

重點要有耐性。

花了一天時間，何景昇終於找到一篇很詳盡的文章，是一篇五年前刊載在醫學期刊上的採訪報導，針對鍾智楷對不孕症發表的研究所做的專訪，記者很認真地蒐集資料、做功課，幫他不少忙。

那篇報導還詳細介紹鍾智楷的家庭背景，原來他有一個妹妹，小他六歲。

鍾智楷十一歲的時候，全家人發生車禍，車子撞上分隔島，他的雙親坐前座，當場死亡，而鍾智楷和妹妹坐在後座，他用身體護著妹妹，兩人一起逃到車外，幸虧有路人及時報警、叫救護車，兩兄妹才有辦法獲救，他的後背至今仍殘留燒傷疤痕。

何景昇查了一下那一年的車禍新聞，很幸運還有幾篇保留下來，根據警方調查，鍾智楷的父親酒駕駕車，還超速，一路直接撞上分隔島，完全沒有煞車痕跡……

鍾智楷的妹妹……何景昇邊看報導邊陷入思索，會不會是他的弱點？

2

鍾智楷的妹妹名叫鍾丹純，現年三十七歲，已婚，某大事務所會計師，丈夫瞿致遠是律師，兩人育有一子，是個三歲男孩。

家庭和樂，幸福美滿。

自從得知鍾智楷有個妹妹，何景昇迅速查出她的住家地址和工作地點，接著默不作聲地觀察及記錄她的生活作息。

早上八點出門，通常晚上六點下班，視工作忙碌情況加班，最多十點一定離開事務所。丈夫的作息和她差不多，兩人都算工作狂。兒子目前交由住鄉下的婆婆照顧，週末假日兩夫妻會一起去找兒子團聚。

他沒看過鍾家兄妹見面，無法得知他們的感情是否良好。

不同於上次何景昇專注於鍾智楷的病人，這次他的焦點放在鍾丹純身上。

這個女人知道自己哥哥做了什麼嗎？

根據當年相關報導，有記者做了後續追蹤，車禍發生後，鍾家兄妹父母雙亡，由於年幼，兩兄妹被親戚收留，鍾智楷和叔叔一家人同住，而鍾丹純則寄住在舅舅家。

即便如此，兩兄妹並沒有斷了聯繫，就鍾智楷所言，仍會找時間相約見面，依然感情深厚。

何景昇還找到一篇鍾丹純的報導，她是個傑出的會計師，曾受邀某週刊採訪過她的職業生涯，她提起小時候常常作惡夢，夢到被關在一個火籠子裡，怎麼都逃不掉。

明明已經是很久遠的記憶，那份肉體上的痛楚還是很深刻烙印在她腦海裡，異常鮮明。

她記得事發當時是哥哥緊緊抱住她，護著她，以至於現在他的背部仍有一片燒傷疤痕……有些無良記者跑去醫院採訪他們兄妹，問他們知不知道爸爸媽媽企圖自殺，想帶著他們一起死，心情怎麼樣？

相關報導其實不少，有記者還查出鍾母似乎生下鍾丹純之後有嚴重的產後憂鬱症，而何景昇只專注在鍾智楷和妹妹的關係。

他得出的結論是，鍾智楷應該非常重視這個妹妹，這樣就夠了。

最重要的永遠是假設的命題，命題錯誤，假設無稽，走的方向不對，即便用對的方法也只會得到錯誤的結論，不管多努力想驗證，得到的永遠都不會是正確答案。

何景昇開始籌畫。

要等鍾丹純落單，非常困難。

他必須設下陷阱，而且要快，必須要在鍾智楷對他的女兒小君下手之前，結束一切。

他將鍾丹純的家人、朋友和同事等各種人際關係列表，並且記錄他的詳細觀察。

鍾丹純夫妻倆堪稱完美的模範，住高級大廈，工作穩定，薪水優渥，兩人皆無不良嗜好，都無外遇，都無不可告人秘密，跟鄰居和同事的相處都很融洽。

何景昇抱持著黑暗心理去調查兩人，但結果卻讓他很失望。

他唯一的機會就是兩夫妻週末假期去探訪兒子的時間。

鍾丹純的婆婆獨居在偏僻的鄉間，是一棟兩層樓的農舍，周遭都是田地和農家，丈夫前年已經去世，有三個兒子都已經成家立業，各自搬出去住。

由於身體尚稱硬朗，忙碌的鍾丹純夫妻決定將兒子交給她帶，週末才見面。

何景昇揣測也許等小孩能讀幼兒園就會帶回身邊吧，如果真要說他們夫妻的缺點，就是工作真的太忙了，感情還能那麼和諧友愛讓他很驚訝。

他開車循線跟蹤過兩夫妻，瞿母住的地方位居偏鄉，院子很大，還養了一隻狗，旁邊同樣都是獨棟農舍。

他藉此觀察附近的路線，找出沒有路口監視器的路段，以及可利用的廢棄空屋。

計畫已經擬好，現在只剩下等待。

這段期間，何景昇不斷翻閱蘇慧玲留下的遺書、日誌、行事曆、平板……把所有能蒐集到的資料一遍又一遍地觀看，思考，想查出那個草寫的β代表什麼？那天她究竟還準備好什麼？那跟房東的關係是什麼？

每次他打電話聯絡前妻和女兒，總是試著想問懷孕那件事，又沒勇氣開口，想約女兒出來見面又害怕，他像隻把頭埋在沙地裡的鴕鳥，不敢面對真相。

想到女兒被某個男人搞上還懷孕，他恨不得掐死那人渣！

失眠情況越來越嚴重，何景昇感覺自己瀕臨崩潰邊緣，皇天不負苦心人，他終於等到恰當的時機——鍾丹純的丈夫去日本出差，她獨自開車回鄉下去見兒子和婆婆。

千載難逢的機會。

鍾丹純是個幸福的女人，長得很漂亮，事業成功，丈夫對她很專情專一，即使失去雙親，仍有個對她呵護備至的哥哥……

和他不一樣。

生活在幸福頂端的人太相信人性。

何景昇在她回鄉的半路上用車子拋錨的藉口就拐到她，將她打昏後，扔進休旅車內。

他早已觀察過周遭環境，確認這路段沒有監視器。

他留下她的車，逕自離去。

現在就等大魚上鉤。

3

下雨了。

何景昇聽著淅淅瀝瀝的聲音，好像這時候才真的回到現實。

我真的做了。

他望著自己戴上黑手套的雙手，再望向前方的女子。

女人坐在一張椅子上，雙手反捆在背後，雙腳同樣用繩子緊緊綁住，嘴巴貼上膠布，痛苦地閉著眼睛，仍未清醒。

再也不能回頭了。

他一邊想著一邊走向前，站在女子身前，居高臨下凝視著她。

女人的五官細緻，雖然有了年紀，肌膚仍保養得極佳，光滑、白皙有彈性，濃密的黑髮綁成馬尾，身材苗條，三十七歲看起來像二十五歲。

這樣的女人對他來說一直是可望而不可即的，美麗而有教養，宛若女神般高高在上，他站在她身邊會被揶揄「美女與野獸」，就是如此悲慘的事實。

即便他的學術聲望顯赫，這個世界仍然只看外表。

但此時此刻，他才是主宰的神。

何景昇深吸一口氣，拿出一把水果刀，接著將女人的手機準備好。

他站到女人身後，用右手手肘敲了敲女人的頭，直到她睜開眼睛，驚慌地瞪著他。

他將水果刀刀尖抵住她的喉頭。

「如果妳喊出聲，我會直接殺了妳，」他在她耳邊低吟：「然後再宰掉妳兒子跟妳婆婆。」

果然，一聽到兒子的生命可能受到威脅，她眼中反抗的光芒隨即散去，只留下恐懼。

他用另一手輕輕撕開她嘴巴的膠布。

「你是誰？」她啜泣著問他。

他沒回答，逕自用她的手機打電話。

「為什麼要綁架我？」她顫抖著嘴唇。「求求你別碰我兒子跟我婆婆，要多少錢我都會付給你……」

「喂？小純？有什麼事？」

接通了。

何景昇滿意地將手機遞到女人嘴邊。

「哥！」一聽到鍾智楷的聲音，女人激動地喊叫。

「小純，怎麼了？」

「哥，救我！」

何景昇旋即走到一旁，對著手機說：「鍾智楷。」

另一端的男人頓時沉默，幾秒後才開口。

「別碰我妹妹。」他堅定地說：「放了她，你想對付的人是我，我妹妹是無辜的。」

何景昇笑了，這個殺人魔有資格幫人求情?!無辜?!他殺的那些女人哪個不無辜！

「你妹妹要替你贖罪。」

「你想要我做什麼？去警察局自首？自殺嗎？還是你想殺了我？」

何景昇冷哼。「鍾智楷，我不會殺你。你現在死了，會被當成好人、好醫生，沒人知道你是個人渣，你不配現在死！你去自首也沒用，警察根本不會相信你殺人，你沒有證據，警察不會因為你說幾句話就重新調查，我不是笨蛋，我很清楚。」

手機另一端的男人安靜了幾秒，沉聲說：「別碰我妹妹，我任憑你處置，你想要我怎麼做我就怎麼做。」

「蘇慧玲的論文檔案在你那邊，對吧？」

對方頓了幾秒才回話。

「對。」

「你讀過了？」

「讀了。」

「那你應該知道什麼是『重力助推』吧？」

鍾智楷愣住了，何景昇沒等他的回答就直接掛斷電話。

現在遊戲才開始，他會狠狠處罰這個罪大惡極的連續殺人犯。

「求求你放了我，」女人含淚地懇求：「我懷孕了……」

何景昇一聽，此刻他真正相信神正在觀望著他的一舉一動，他是受命來剷除鍾智楷那個人渣！

他站在她跟前，俯視著她。

「妳知道妳哥哥殺了多少孕婦嗎？」

四目相對，女人露出絕望的眼神。

接下來二十四小時，他會讓鍾智楷活在地獄裡。

第二部

第一案

1

謝春樺很討厭自己的名字，從小她便承受著名字歧視的苦惱。

她的外號永遠圍繞著「村花」打轉。

「妳現在是村花，什麼時候要去選鎮花或市花啊？」

「村花是哪種花？是櫻花還是梅花？」

謝春樺受不了，央求爸爸媽媽幫她改名字，但他們不肯，因為這個名字是她過世的爺爺特地幫她取的名字，而且還是她爺爺找了一個名聲遠揚的算命大師幫她看過八字、算過筆畫才挑出來的好名，會讓她一世好命。

謝春樺不管以後會不會好命，只覺得因為這個名字衰斃了，天天被同齡人取笑捉弄。

她不懂自己的人生好壞跟名字有何關係，但她很清楚這個名字會讓她飽受困擾。

「小春，妳真的討厭自己的名字？」

「討厭。」

某天她又大吵大鬧要改名字，媽媽要她坐下來好好談。

「為什麼討厭？這個名字不好聽嗎？」

「別人都笑我是村花！」

「所以如果沒有人取笑妳，妳還會討厭這個名字嗎？」

這是謝春樺第一次仔細思考，撇開其他人的調侃，她的名字其實並沒有那麼差那麼難聽，認真看還挺美的，雖然筆劃有點多，很難寫。

「這是爺爺留給妳的紀念喔，」媽媽溫柔地對她說：「是爺爺特地為他心愛的孫女取的名字，只因為怕被人笑，妳就不要了嗎？在妳心裡，別人的看法比爺爺對妳的愛還重要嗎？」

從那天起，謝春樺就不再吵著要改名字。

她對爺爺的印象已經變得很模糊，記憶隨著時間流逝逐漸稀薄，她五歲的時候爺爺就因病過世，如今二十年過去了，他只存在在泛黃的家族相簿裡，以及人們的口語懷舊裡。

她爺爺生前是個優秀的警察，破過不少案件，曾被警局表揚過，鄰居都說她爺爺是個很有正義感的人，有他在，流氓都畏懼三分。

可是她爺爺的孩子沒有一個當警察，謝春樺的爸爸媽媽都是老師，當他們得知她想當警察，大吃一驚，以為她是說著玩。

謝春樺身邊的親朋好友對她這個決定都難以置信，因為她長得實在太「可愛」了。

她有張娃娃臉，一雙大大的圓眼，皮膚白皙，頭髮剪著娃娃頭，個子不高，因為身材很瘦，整個人看起來很嬌小。

他們覺得她更適合當老師，像是幼兒園老師、國小老師，或者去當護理師……

「我要當警察。」

當她考上警察大學那天，所有人才明白她是認真的。

謝春樺永遠記得她讀小五的時候，當時她被選為風紀股長，從那時開始，班上沒有人再叫她難聽的外號、沒有人再取笑她的名字，她覺得很奇怪，問了她最好的朋友小莉，小莉告訴她，大家還是會叫她難聽的外號、會取笑她，只是不敢當著她的面笑她，只敢背地裡偷偷這樣叫她。

謝春樺感到很微妙，不知如何形容。

或許那正是她決定成為警察的緣由。

然而隨著年齡增長，她大學畢業，出社會，踏入職場，她不再感到微妙，而是領略到那正是人性。

*

「村花，我看到新聞了，妳很上鏡頭，比本人還漂亮，不愧是警局之花。」

謝春樺面對消防隊員的調侃，露出皮笑肉不笑的表情，逕自走入大樓內，早已習慣了。

昨天她因為飛車追一名搶劫路人的歹徒而登上新聞版面，雖然只是一個小案件，但局長覺得有助於美化警察的形象，硬是要她配合，跟那位幸運拿回財物的老婆婆合照，接受記者採訪，新聞標題為：

美女警察奮勇逮賊

局長還嫌她笑得不夠自然，是真的把她當成演藝圈的藝人嗎？

謝春樺拋開雜念，專注在眼前的案件。

美優大樓是一座五層樓高的住商混合建物，住宅老舊，根據資料顯示已經超過三十年，這次的起火點在三樓。

一、二樓是商場，三樓則屬於一個名叫張淳琰的房東，將整層樓隔成十間雅房分租出去，其中三〇三號房租給蘇慧玲，目前已經確定死亡。

這是謝春樺剛剛等消防隊撲滅火勢時，初步掌握到的資訊，房東張淳琰現年五十歲，看見有媒體SNG車開過來，就對著鏡頭哭訴自己有多悲慘，老了就靠收租過活，結果竟然發生火災，要警察調查清楚給真相。

火災現場永遠都有圍觀看熱鬧的群眾，而警察出現的用意之一就是維護秩序，圍起封鎖線，不讓閒雜人等破壞現場。

消防隊已經證實大樓內只有一名受害者，其他人早已經疏散完畢，受害者就是住在三〇三號房的蘇慧玲，她的租屋處同時也是起火點。

一進入三樓，到處都可以看見、嗅聞到大火肆虐後的痕跡。眼前一條長廊，其他住戶暫時還不能回來，得等警方蒐證完畢，而三〇三號房門口則站了兩名警員，是阿凱和小志，雖圍起封鎖線，警察還是得負責維持現場的完整，避免莫名其妙的人闖入，例如：記者。

「阿凱、小志。」

「小春姊。」

實際上謝春樺只比他們大一、二歲，但官階大很多，於是他們很自然地叫她

「姊」。

「怎麼樣？」

阿凱往屋內努努嘴，低聲：「楊檢已經在裡面。」

謝春樺一眼就看見楊証京檢察官。

她向來不喜歡火災現場，除了很可能要面對人體ＢＢＱ的慘狀，更糟的是，每次她都覺得自己像個局外人。

發生火災事故首先要滅火，其次確認現場有無受困的人，撲滅後則要調查起火原因和確認起火點……這三件事即便沒有警方介入，單靠消防隊即可完成。如果確定有人為縱火，才有警察追蹤線索、逮捕嫌疑犯，進行調查的必要性。

事實就是，在火場，消防隊員比警察有用，而且必須仰賴他們的專業知識才能進行下一步。

這點檢察官也很清楚。

楊証京檢察官四十多歲，個性嚴謹，不苟言笑，辦案向來速戰速決，極有效率，他手上要處理的案子也是最多的，謝春樺已經可以想像這案子的偵辦速度。

此時此刻，楊檢察官就站在蘇慧玲的屍體旁邊，消防隊的李隊長站在他右手邊，另一邊則是鑑識官老王，三人神情嚴肅地在討論案情。

謝春樺猶豫著該不該破壞他們的Men's talk。

她將注意力先放在周遭環境，這條長廊鋪著木質地板，兩旁隔成一間間獨立雅房，共隔成十間房，根據房東所說，每間房大約三至五坪，蘇慧玲租的是最小間的房間，而在走廊最底端設置公共區域，有衛浴，以及飲水機、洗衣機和滅火器，另外架設一臺監視器。

從門口這裡就可以一覽無遺蘇慧玲的雅房，裡頭包括一張床，幾樣家具，書桌椅靠著唯一一扇窗戶，以及……她的屍體。

謝春樺盯著那副燒焦的屍體，這景象讓人難以忘懷。

蘇慧玲坐在書桌前的椅子上，背緊靠著塑膠椅的椅背，椅子燒得扭曲變形，她的頭往後仰……不對，那顆燒焦的頭顱已經掉在旁邊，屍首分離。

那三名討論案情的男人發現謝春樺抵達現場時，兩名警員正準備將屍體搬去殯儀館，看來現場鑑識工作已經差不多結束，就等法醫的驗屍報告，畢竟屍體已經燒得面目全非，目前只是暫定屍體是屋主蘇慧玲，還需要靠後續DNA鑑定確認身分才行。

「楊檢。」謝春樺趕緊上前跟檢察官打招呼，對方微微點頭。

「妳來了。李隊，老王，你們幾個盡快寫好報告，送過來給我。」

「知道了。」

楊檢的檢察事務官站在門口用手機不知道跟誰通話，一副很忙的樣子，看到老闆出來，立刻將手機交到他手上，兩人匆忙地離開，準備去殯儀館和法醫師會合相驗。

檢察官很忙，他們的時間寶貴，手上要處理的案子堆積如山，於是必須仰賴警察，如同局長常常掛在嘴邊說的「有多少證據，做多少事」。

謝春樺曾經辛苦逮到一名嫌犯，最後因為證據不足，檢察官不起訴，白忙一場，她很懊惱，覺得檢察官是白癡，之後局長對她耳提面命，給她忠告。

「小春，最重要的是證據。記住，有證據，有犯罪，沒證據，沒犯罪。警察、檢察官或是法官都只是人，我們能查到多少證據，決定了嫌犯有沒有犯罪，不要把自己當成神，也不要期望別人是神。這只是一份工作，無罪推定原則，懂嗎？」

局長只會唱高調，其實只要一鎖定嫌犯，還不是拚命找可以定罪的證據，哪裡無罪推定？

算了，反正警察就是打雜工，檢察官的小弟，司法系統的最底層，而女警更是底層中的底層，想通這點也沒那麼難受。

李隊和老王和她討論起案子倒是一派輕鬆，不像剛才在檢察官面前那麼拘謹，大家地位平等，用詞也不用客氣了。

李隊頗有經驗，一般火警在火勢撲滅後，需要花時間找起火點以及起火原因，而這案子卻是沒有太多疑點。

「這裡有三罐汽油，」他指著置放在角落、外殼燒焦的鐵罐，「房子的結構沒有損壞，火苗從書桌前竄燒，還有房間的四個角落同時燒起來，這房間只有一扇窗戶，黑煙從書桌前的窗戶縫隙竄出去，」他頓了頓，「你們可以仔細聞一聞，汽油殘留的揮發氣味，明顯地跟其他地方不同。我的評估是，這個人先在房間四個角落淋上汽油，點火，接著往自己身上潑灑汽油，點火。」

根據報案紀錄，下午四點五分，有人打電話到消防隊，說美優大樓三樓冒出黑煙，貌似起火了。四點十分，消防隊旋即趕到，開始滅火。當時，一、二樓的商場早已經疏散人群，四、五樓則空著，消防隊員衝進大樓滅火，確定是三樓的三〇三號房起火，火勢竄燒到隔壁兩間雅房，但整層樓的住戶都不在家，唯獨在三〇三號房發現一具燒焦的屍體，是不是住戶蘇慧玲還需要經過鑑定。

三樓其他住戶都趕回來了，駐足在大樓外觀看消防隊滅火，有幾位還接受採訪，慶幸自己不在家，卻不太明白怎麼會起火，但三樓並沒有安裝煙霧偵測器。

「老王，你看了現場，被害的可能性大嗎？還是縱火自焚？」謝春樺探詢道，既然現場有汽油空罐，她想知道檢察官是否已經定調？

當然，正如檢察官已經交代大家「交報告」，她知道該做什麼，大家都清楚的例行公事。

調查死者的身分和人際關係、調閱附近商家和路口的監視器、傳喚相關證人錄口供、詢問其他房客、調查不在場證明……即便檢察官定調了，該走的流程還是得走完。

鑑識官老王聳聳肩。「我不管動機，只陳述事實。這房子裡的東西大多燒毀了，大門門鎖沒有外力毀損，是燒壞的，書櫃上面的書燒成灰，沒看到什麼可疑的東西，也沒看到可用的東西，只有一點很奇怪，沒有手機、沒有電腦、沒有平板，沒有一樣電子儀器殘留物，那些東西就算被火燒也不容易燒成灰。」

最大的可能性就是，這房間本來就沒有那些東西，至少發生火災時沒有。可能嗎？謝春樺皺起眉頭思忖，現代人有可能沒電視、沒收音機，但沒有手機或電腦？

會不會被偷走？誰？火災發生當時這裡有人嗎？

雖然鑑識人員已經將這房間拍照搜遍了，謝春樺仍一邊繞著房間一邊思考，連一點細節都不放過。

她戴上手套，拿著筆形手電筒到處查看，不管旁人竊竊私語。這是唯一可以跟死者對話的時間，她得珍惜此刻的平靜，之後這裡將會有無數活人介入，踐踏、糟蹋所有可能的證據。

謝春樺檢查書桌前的窗戶，緊閉且鎖上了，花色窗簾燒得焦黑，加上消防隊的李隊所言，火災發生時房間門從內鎖著，意味著這是間密室，屋裡除了死者別無他人。

她仔細地搜查每個角落，連床板底下都不放過，雖然確切地說只剩下焦黑的鐵架。

正打算收手時，她看了一眼擱置在床頭櫃上的小燈，這床頭燈狀似小丑外型，很幸運地沒有燒毀，她記得這種燈可以從頸部拆開。

她想了想，拿起床頭燈，小心翼翼地扭著小丑的頸子，慢慢地轉開。小丑的頭部是燈泡，身體連接著電線，以及……她將那塊金屬拿出來，放在掌心檢視。

這是竊聽器？

2

火災發生當天，晚上六點左右，謝春樺任職的警分局接到一通電話，自稱是美優大樓大火受害者蘇慧玲的母親，她說有重要東西要親自交給負責承辦的警察，她不信任其他警察。

局長立刻派謝春樺搭最近一班的高鐵南下。

蘇慧玲的老家頗氣派，建築物雖具歷史仍修復得狀況良好，庭園充滿日式風情，謝春樺抵達的時候大概晚上八點多，昏黃的燈影映照著優美的花園，像來到日劇場景。

蘇母相貌端莊，客氣地請她吃茶點，並且拿出那樣東西——一封信。

「這是？」

「今天下午收到的……應該是我女兒昨天寄的。」蘇母面無表情地說：「我看到晚間新聞，看到我女兒租的房子失火，猜想可能跟她有關。」

「遺書嗎？」謝春樺探詢道，對方點點頭。

遺書裝在一個白信封內，謝春樺小心翼翼抽取出摺好的信紙，是用藍色原子筆寫在一張A4活頁紙上，她大略看了下內容。

爸爸、媽媽：

我要自殺。

我知道你們容忍我很長一段時間，已經到極限，我快把你們一起逼瘋了，我的病已經無藥可救，我死了你們不會傷心，這個世界不會有損失，沒有人會為我難過，對大家都好。

我想很久，我要報復我房東，他又老又好色，老是威脅我要趕我走、要我搬家，他不過就是個靠祖產、靠收租的老魯蛇，幹，去死！

我要放火燒房子，到時候你們記得幫我把死老頭在新聞上痛哭流涕的畫面錄下來，燒給我。

女兒 慧玲

最後除了署名還附上日期，確實是火災發生前一天所寫，可是這個信封上沒有寫地址和郵寄的戳印，只寫了給爸媽。

「確定是您女兒的筆跡嗎？」

「對。」蘇母很肯定地說。

「蘇媽媽，恕我冒昧，您女兒以前有自殺的紀錄嗎？」

蘇母面不改色。

「她有重度躁鬱症，曾經待過療養院。」

「所以這不是她第一次寫遺書？」

蘇母輕嘆口氣，起身回房間，出來時手上拿了幾封信遞給謝春樺。

「她從讀高中開始就寫遺書，好幾次了，一開始我跟慧玲的爸爸看到這些信很緊張，後來，麻木了……哀莫大於心死，慧玲她根本不珍惜自己的生命，也沒把我跟她爸爸放在眼底，我有預感她遲早走到極端……」

謝春樺謹慎地打開那幾個信封，同樣是用藍色原子筆寫在一張A4活頁紙上，內容同樣是放棄生命、想自殺的宣言，同樣最後署名女兒慧玲，只是年、月、日統統不一樣，好像連續幾年一直在寫不同的遺書給家人。

「蘇媽媽，這些信可以讓我帶回警局讓鑑識人員比對筆跡嗎？可不可以再提供其他的日記本或記事本？因為您女兒租屋處的東西幾乎都燒光了。」

蘇母同意了，謝春樺還想探詢關於蘇慧玲的私事，但很明顯蘇母對女兒的私人生活一概不知，避而不談，沒有什麼實質的線索。

蘇慧玲的屍體已經送去殯儀館交由法醫師檢驗，由於屍體焦黑，從外觀難以辨別，需經過進一步的ＤＮＡ鑑定身分，蘇母表明不會北上認屍，等檢驗出爐，確定身分，會請殯儀館將屍體送回老家辦喪事。

他們對死因無疑義。

「蘇媽媽，等案件調查結束，會將這些信件一併歸還。」

謝春樺一走出蘇慧玲的老家大門，總覺得她的離去讓蘇母鬆口氣，彷彿擺脫了某個揮不去的夢魘。

坐在回程的火車上，她一次又一次讀著蘇慧玲的遺書，突然感悟到一件怪事——蘇母面對女兒的死亡，自始至終沒有掉一滴眼淚。

回到警局，局長看到那幾封遺書，樂得立刻打電話通知檢察官。

雖然完整的驗屍報告還沒出爐，但法醫已經確認屍體就是蘇慧玲，加上遺書佐證……她知道這封遺書雖然只有短短幾行字，已經決定了整個偵辦方向的結局。

然而，在謝春樺腦海裡倒是萌生幾個疑點：

根據蘇母所言，那封遺書是寄回家裡，為什麼信封上沒有寄信的地址和郵戳？難道蘇母還有其他東西沒交出來？

遺書裡的「大家」指的是誰？除了她的爸爸和媽媽，蘇慧玲還覺得虧欠了誰？覺得誰會因為她的死而解脫？

她特地提起房東「又老又好色」，「威脅我要趕我走、要我搬家」，為什麼在遺書裡註明這一點？他們之間到底有何過節？

謝春樺想起她在蘇慧玲床頭櫃的檯燈裡找到的小東西，鑑識組已經確認是竊聽器的殘骸。

「這種型號很熱門，體積小，輕薄，待機期間長，而且可以無線遠距離監聽，號稱『抓姦神器』。」鑑識人員阿達開玩笑地對她說明。

「待機時間大概多久？」

「一般來說三天。」

「可以查出來是誰在用嗎？」

「這個已經燒壞了，不行。」

謝春樺陷入思索，腦海裡自動將兩者連結起來，如果是房東確實有可能趁著房客不注意偷偷進去房間裡安置竊聽器，這種社會案件時有所聞，說不定蘇慧玲已經察覺，才會在遺書上罵房東又老又色？她是否在生前跟房東因此產生爭執？她說房東一直想趕她走、要她搬家，會不會也是想揭發房東惡行？

謝春樺越想越可疑，蘇慧玲真的是自殺嗎？但若非自殺，又何必在前一天寄遺書回老家？

3

火災發生後隔天，有一名加油站的工讀生打電話給警方，證實蘇慧玲到他的工作地點買了三罐汽油，這間加油站還提供警方監視器的影像，比對後確認是蘇慧玲本人。

這名工讀生對蘇慧玲印象深刻。

「因為她長得很漂亮，話有點多，不過人……怪怪的……」男性工讀生很年輕，頭髮還染成金色，他歪著頭，想起當時的情況頻皺眉頭。

「怎麼怪法？」謝春樺追問道。

「因為她買了三罐汽油，我很好奇，就開玩笑問她是不是家裡有很多車子，結果她說，是買來燒房子……」工讀生聳聳肩。

蘇慧玲確實說了實話，但聽在他人耳中就像瘋話。

這種情況也發生在蘇慧玲身邊其他人身上，他們對她的共同印象就是——長得漂亮，但有點瘋瘋癲癲，情緒不穩定。

謝春樺經過調查後發現，蘇慧玲沒有朋友，一個也沒有。

她和局裡另一名警員阿凱一起去蘇慧玲就讀的學校查訪，蒐集相關證詞，她的老師和同學們對蘇慧玲大多表示不熟，難相處。

「她有比較熟的朋友嗎？」

謝春樺詢問一個名叫阿博的同系碩士生，約二十出頭年紀，看起來還像個孩子。

他露出為難的表情。

「我不知道……蘇學姊很少跟系上的人交流，學長學姊也都說她很少出現在學校，還常常翹課……我只知道她好像常去夜店玩……」

交友圈複雜、男女關係紊亂、私生活很精采、聽說她在當第三者……仔細盤問下，謝春樺倒是蒐羅到一堆沒證據的謠傳，貌似蘇慧玲有男友，但不知道是誰？

謝春樺找上蘇慧玲的論文指導教授何景昇，對方似乎早有心理準備，回答的答案都很制式，一副公私分明的態度，表示對學生私下的生活不知情，完全沒交集。

「她曾經透露出有什麼煩惱嗎？」

「沒有，我跟她不會談私事。」

「她的論文進度正常嗎？有沒有遇到困難？」

「沒有，論文進展很順利，我預計她明年就可以畢業了。」

「她有男朋友嗎？」

教授露出尷尬的表情，苦笑道：「這個我真的不清楚……」

據傳這名何教授相當專注於研究工作，跟學生們的關係頗疏離，謝春樺訪談下也隱約感覺到。

這段談話應該不會有突破。

「我知道了，謝謝教授撥空接受我的調查，不打擾你工作。」

「謝警官。」

謝春樺正要離去，對方反倒叫住她。

「慧玲真的是自殺嗎？」

謝春樺揚起眉。「警方目前還在調查中……教授，你很意外嗎？」

何教授坦然地點頭。「意外。」

謝春樺相信他說的是真心話。蘇慧玲身邊的人確實感受到她不太正常，但她從未對外透露過死意或者自殺企圖，即便是蘇慧玲的父母親，也認為她的自殺宣言只是要挾，根本不可能付諸實行。

而這次，她是真的做了。

局長和檢察官一拿到蘇慧玲的遺書，如獲至寶，原本就朝著自殺縱火的方向偵辦，如今更有底氣了，謝春樺深信這案子的偵辦進度會非常快。

但仍要照流程走，傳喚該傳喚的證人到案說明，即便是自殺案件也必須如此。

在訪查房東張淳琰的過程倒是出現驚人的發展。

這名房東是男性，五十歲左右，外表看起來更蒼老些，頭髮稀疏，身材乾癟，講話一緊張一急就瞇起兩顆豆豆眼，感覺有些猥褻。

謝春樺到房東的住處做筆錄，因為他不肯到警局。

張淳琰住在一間六層樓高的老公寓的二樓，這裡和美優大樓的三樓都屬於他父親留下的祖產，由他單獨繼承。

他和妻子已經離婚多年，兩個孩子都跟前妻，而他獨居。

謝春樺才進屋，張淳琰沒請她喝水、沒請她坐下，直接劈頭就痛罵蘇慧玲沒良心，惡毒，明明知道他就靠那房子收租養老，還故意縱火。接著還問謝春樺，雖然房子有保火險，可不可以跟蘇慧玲的父母親求償？

「我知道她家很有錢，而且她是獨生女。」

謝春樺將錄音筆開啟，放置桌上。

「張先生，你這麼確定是蘇小姐縱火嗎？也許是有仇家上門尋仇，或是情感糾紛？」

張淳琰只愣了幾秒鐘，迅速回應：「她曾經威脅我，說要放火燒房子，說要拉我一起陪葬！」

「她為什麼那麼討厭你？」

「我不知道！她腦袋有問題！我本來看她是碩士生，長得白白淨淨的，誰知道她根本是神經病！瘋子！」房東激動地說：「我早就說過不准帶男人回來過夜！我這裡租的都是女學生、女上班族，其他人都很乖、很單純，就她一個人問題特別多，三不五時帶男人回來睡覺。有一次有個房客就跟我投訴，說她早上起來要上廁所，結果廁所裡面有個裸體男人，而且垃圾桶裡面都是保險套！像話嗎？後來一查果然又是蘇慧玲在亂搞！要知道我這裡公共區域的衛浴是共用的，她有沒有替其他女房客著想過？」

張淳琰對著謝春樺抱怨一大串，拚命吐苦水，好像終於找到可以發洩的出口，說個痛快。

謝春樺安靜地聽完，問道：「所以你希望她搬走？」

「當然，我還答應要幫她找新房子，可是她死也不肯，說她就是要住在這裡，說她的租約是一年，只要繳房租就有權利繼續住，就是要住到滿、住到爽，妳說她是不是神經病？」

謝春樺相信這房東確實很討厭蘇慧玲，她都要擔心他這樣繼續激動下去會不會腦中風。

「那你有用什麼手段趕她走嗎？」

「我能用什麼手段，她的臉皮比鐵板還厚！」

「像是在她房間裡偷裝竊聽器？」

張淳琰愣住，臉色瞬間慘白。

「警官，妳不要誣蔑我。」

謝春樺拿出一只透明的證物袋，裡面裝著火災現場竊聽器的殘骸。

「這是在蘇慧玲房間的檯燈裡找到的。」

張淳琰笑得有點僵硬。

「那是什麼？」

「其實蘇慧玲寫了一封遺書寄回家，目前還在做筆跡鑑定，如果確認無誤就會對外公布，遺書裡面有提到關於你的事，她好像已經知道房間裡面有竊聽器。」謝春樺一邊說一邊觀察他的表情。

「警官，她陷害我，我絕對沒有！」

「不要緊張，妨礙秘密罪要被害人出面指控，現在被害人已經死了，就算你承認竊聽，警察也不會抓你，」謝春樺安撫地說：「我知道你為了想趕她走，逼她搬家，所以在她房間偷裝竊聽器，想抓到她的把柄，對不對？」

「警官，我真的沒有，妳搞錯了。」

「真的嗎？你確定你沒有其他事想告訴我？不管怎樣，蘇慧玲可是燒死在你的房子裡。」

她漠然地瞪著他，後者沉默以對，低著頭不敢直視她的眼睛。

他的眉頭緊皺，像是陷入天人交戰。

謝春樺等半天等不到回應，只好轉移話題。

「好吧，關於門口的監視器，大概是什麼時候壞掉、不能運作？還是一直都是單純擺設、放好看的？」

「我是聽到一些聲音……」房東低聲地說。

「什麼聲音？你想說什麼？」

房東瞪著那支錄音筆。

「警官，我現在說的妳不能錄。」

「為什麼？」

「妳要錄我就不說了。」

謝春樺不禁失笑。「你威脅我？」

「隨便妳說，反正妳繼續錄我就不講了。」房東的態度倒是很堅定。

謝春樺想了想，關掉錄音筆。

「還有手機。」

她拿出手機放桌上，讓他檢查證明沒錄音。

「可以了吧？你到底想說什麼？」

「我作了一個夢。」

「作夢？」

「我現在說的都是夢。我夢到有人來找蘇慧玲。」

「找她？什麼時候？」

「火災發生之前三個小時吧。」

對了，那時候裝置在蘇慧玲房間裡的竊聽器還沒壞，仍在運作，意味著張淳琰那邊可能將一切的聲音都錄下來。

「誰來找她？」謝春樺急迫地問。

「不知道，是一個男人。來找過她的男人太多了。」房東嫌棄地說：「那男人一進房間就說要攤牌，逼問孩子的事。」

謝春樺震驚地呆了好幾秒。

「蘇慧玲懷孕了？」

「誰知道真假，反正她那人瘋瘋癲癲，愛說謊，可能就是騙男人，要他的！我聽蘇慧玲回話的口氣很不耐煩，好像想趕他走，還說什麼孩子的父親不是你，沒有女人會想生你的小孩之類的話，接著就沒有聲音。」

「什麼叫沒有聲音？」

「就是沒人說話，很安靜。」

「不可能完全沒有聲音，一定有其他聲音！」

「是有，不知道怎麼說，好像是勒住什麼東西，還有掙扎的聲音，可是很輕，聽不清楚……」

「難道那個男人勒死蘇慧玲？」

「不知道，安靜一陣子，就聽見搜東西的聲音，翻箱子、拉抽屜之類的，然後就匆匆忙忙地走了。」

所以現場才找不到蘇慧玲用的手機或電腦產品，那個男人將東西都帶走了，這代表他跟蘇慧玲應該有密切的關係，否則有可能被追蹤到？

「然後就發生火災？」

「不是，他沒有放火。」

「那難道蘇慧玲當時還活著，她自己起來潑汽油放火？」

「也不是，我本來一開始以為是那男人放火，可是等很久都沒有等到火勢，也沒有其他聲音，大概等了快一小時，又有另外一個腳步聲走進蘇慧玲的房間。」

「那個男人回頭？」

「不是他，這個腳步聲明顯不一樣，很穩定、很輕，這個人一進門，就輕輕地關上房門，也不知道為什麼，這個人慢慢地在房間裡散步。」

「在房間裡散步？蘇慧玲呢？」

「不知道，反正就只聽到很輕的腳步聲，沒有說話的聲音。那個人大概待了二十分鐘，然後我聽到潑汽油的聲音，接著那個人就走了，過沒多久就聽到火燒起來……」

火勢一起來，意味著竊聽器也燒壞了。

「這個人是男是女？」

「不知道，那人完全沒開口說話。」

謝春樺陷入疑惑的漩渦，難以理解。

這個人進到蘇慧玲的房間時，她若不是被殺害，就是受重傷，一般人應該會緊急報警或叫救護車，結果這個人反而製造一場火災？為什麼？難道這個人是第一個男人的幫兇或共犯？他們互相認識嗎？

謝春樺曾經懷疑過會不會跟大樓裡其他房客有關，但如同房東所說，她們多是學生和上班族，發生火災時間都在學校或公司，都能提出不在場證明。

那時候的三樓就只有蘇慧玲在家。

「我的夢作完了，就這樣。」

「張先生，那不只是夢，你的證詞證明了蘇慧玲不是自殺，很可能是他殺，你必須提供錄音檔讓警方進一步分析。」

錄音檔如果讓警方鑑識人員的儀器進行分析，說不定可以有更深入的發現。

張淳琰露出怪異的表情。

「我什麼都沒有證明，那是夢。」

「張先生，這是謀殺案，你打算妨礙警方辦案、湮滅證據嗎？我可以直接搜索你的住處。」

「搜啊，就算妳現在搜也搜不出東西，而且我知道妳不能隨便搜吧，要有搜索票，妳確定就憑我的夢法官就會給妳搜索票？妳確定檢察官會憑我的夢就認定蘇慧玲被殺？」

謝春樺恍然大悟，張淳琰敢大剌剌說出他的夢，是因為他有百分之百的把握，查不到他身上——他早就刪除錄音檔案。

「你全都刪除了？」

他沒有反應，漠然以對。

「那可是殺人！是謀殺案！她被殺害了，而你錄下來的檔案可能是唯一的證據！」謝春樺氣憤地指控：「你不會良心有愧？你沒有罪惡感嗎？」

房東驀地哈哈大笑。

「警官，我沒有罪惡感。如果妳認識蘇慧玲妳就懂了。我一點都不同情那女人，她活該！」

男人的眼神帶著恨意夾雜著濃濃惡意，蘇慧玲已經將他變成一隻魔鬼。

謝春樺想起蘇慧玲遺書裡的一句話：沒有人會為我難過，對大家都好。

4

謝春樺花了一整晚，熬夜趕出調查報告呈交給局長，但局長看完後，大發雷霆，要她重寫。

「小春，妳在寫什麼？」

「報告。」面對局長的怒氣，謝春樺露出無辜的表情。

「什麼報告?!」局長氣得將她寫的調查報告摔在桌上。「這叫做小說！」

「局長，我寫的是事實！」謝春樺強調地說：「蘇慧玲不是自殺，是他殺，有人謀殺她，然後另一個人製造火災現場，偽裝成自殺。」

局長揉揉眉間的皺紋，他其實年紀並不大，還不到四十歲，但底下只要有一個像謝春樺這樣「有個性」的警員就夠他受的。

「就憑一個房東的夢境？妳有證據嗎？他說有兩個人在火災之前進過蘇慧玲的房間，有證據嗎？妳說蘇慧玲可能被勒死，有證據嗎？現場有找到兇器嗎？有可能的嫌疑犯嗎？」

面對局長一連串的質疑，謝春樺只能沉默以對。

雖然到處都有監視器，但一大半是裝飾品，壞掉了、不能運作、待修，根本派不上用場……加上美優大樓一、二樓是購物商場，像這種商用住宅混合的大樓，進出人士本來就又多又複雜，即便被監視器拍到也很難證明是可疑人士。

而蘇慧玲的房間已經燒成廢墟，就算有兇器恐怕也燒到無法當證物了。

至於嫌疑犯就更難鎖定，蘇慧玲身邊的人只知道她的交友圈複雜，男女關係紊亂，也不清楚跟誰有過節或有糾紛，唯一確認有嫌隙的人就是房東張淳琰，但他會為了殺她，不惜放火燒自己的房子？

這種推測實在太難在法庭上說服法官，估計檢察官只會當她想太多。

總之，若是張淳琰偷偷用竊聽器錄下的檔案還在就好了，至少有東西可以說服檢察官進行調查，而不是像現在一樣兩手空空，被當成在幻想。

局長看她安靜老半天，心知肚明她也知道輕重緩急，現實是殘酷的。

「蘇慧玲就是自殺。起火原因已經確定，消防隊那邊的火場報告早就寫好了，火災發生前一天，蘇慧玲寫遺書寄回家，筆跡鑑定確認就是她親手寫的，她的父母對死因無異議，她以前就有自殺未遂紀錄，住過療養院，她遺書上寫說要放火，加油站的員工和監視器影像證明她自己去加油站買汽油……這麼多人證跟物證證明她自殺，妳卻偏偏反其道而行，說她是被謀殺，就憑一個人作夢的證言?!我問妳，這個人願意上法庭作證嗎？能提出其他的證據嗎？」

「可是無風不起浪，他沒有必要編故事。」謝春樺仍不死心。

「夠了，小春，我說過很多遍……有證據，有犯罪，沒證據，沒犯罪……順序清清楚楚。妳找不到證據就指控人犯罪代表什麼?代表我們警察無能，妳要害我們警察形象一落千丈嗎？妳擔得起嗎？」局長用手指敲了敲桌面上的文件，下指示。「去重寫一份，作夢那段全刪掉。」

謝春樺無奈地拿回報告，局長又叫住她。

「驗屍報告呢？」

「我不知道，我以為龍姊早就交給檢察官……」

「剛剛楊檢的檢事官才打電話來催，說檢察官急著要結案，這案子這麼好處理，不知道在拖什麼，妳去催一下！」

這也叫我……謝春樺心底暗暗抱怨，根本把她當成送茶小妹。

不過，她對驗屍報告的內容相當好奇，尤其是那一幕……總讓她感覺很不自然，或許龍姊能為她解答。

＊

「龍姊，我來拿蘇慧玲的驗屍報告！」

謝春樺走進法醫師龍麗芳的辦公室，她正坐在電腦桌前，盯著電腦螢幕，不知道在想什麼？

「龍姊，妳在看什麼？」

龍麗芳迅速關閉螢幕，從旁邊桌上抽出一份資料，遞給她。

「妳要的報告。」

「原來妳已經寫好了，怎麼不早點交給楊檢呢？剛剛他的檢事官還打電話催我們局長呢！」

「我知道。」龍麗芳輕輕應了句，沒接其他話，氣氛頓時變得有些尷尬。

龍麗芳的五官長得神似女明星桂綸鎂，皮膚白皙透亮，身材修長，留一頭黑長直髮，用髮簪簡單盤起，加上她又姓「龍」，謝春樺知道不少男同事背後偷偷暱稱她金庸裡的大美人「小龍女」……古墓派傳人，和她的工作性質竟然很契合。

而龍麗芳連性格都跟小龍女很像，清冷淡漠，平常都跟屍體打交道，跟活人反而沒啥交際，很難搭訕聊天。她剛過三十二歲生日仍未婚，據說曾經有好幾個警官和檢察官鼓起勇氣想追她，結果接連被打槍，有人還戲稱她可能在等她的「過兒」。雖然人際關係差，龍麗芳的工作效率極佳，這點深深博得檢察官和法官們的喜愛，重要的案子或者想快速簽結的案子幾乎都送到她手上。

所以蘇慧玲的驗屍報告會遲交才令人驚訝吧。

「龍姊，我有個問題。」看龍麗芳似乎不忙，謝春樺先將報告放一邊，拉了張椅子坐過來她身邊。

「問啊。」

「一般來說，發生火災，有可能把脖子燒斷掉然後屍首分離嗎？」過了好幾天，瞅見蘇慧玲屍體那一幕仍深刻烙印在謝春樺腦海裡，揮之不去。

龍麗芳挑挑細眉。

「我們的頸部只有七節頸椎骨，其實比妳想像的還脆弱，燒斷掉當然有可能。」

「那如果人是被勒死以後，變成屍體才被火燒，可以分辨得出來嗎？」蘇慧玲一看龍麗芳皺起眉頭，趕緊繼續解釋：「我的意思是說，可以從屍體的斷頭處檢驗出不同嗎？如果在火燒之前就已經被勒斷脖子，火燒起來應該比完整的頸椎更容易斷裂吧，可以檢驗得出來嗎？」

龍麗芳微微一笑，將那份報告拿過來，翻了翻，抽出幾張照片。

「妳仔細看。」

謝春樺一看火災現場照片，以及最後擺在驗屍檯上的屍骨，心底也明白了。由於汽油當助燃，瞬間高溫將人體燒成焦炭，屍骨燃燒後的質地極為脆弱。

「燒成這樣……已經沒有判斷的餘地。」龍麗芳輕聲說。

「龍姊，那可以驗出她有沒有懷孕嗎？」謝春樺仍抱著一絲希望。

「懷孕？」

謝春樺將她訊問房東張淳琰時他所說的那段夢境完整告知龍麗芳，後者頓時露出若有所思的表情。

「我想調出蘇慧玲的就醫紀錄，結果醫院不肯給，什麼個資法，連人死了也不能隨便查，如果沒有本人簽名就要她的父母親同意，要不然就是得認定是刑事案件，妳也知道我們局長跟楊檢對這個案子是什麼態度……要他們行文同意調紀錄難如登天。」謝春樺一臉無可奈何地抱怨。

「她的屍體燒毀得太嚴重，我不知道她有沒有懷孕，不過有一點確實奇怪。」

「哪一點？」

「妳再仔細看看照片。」

謝春樺瞪大眼睛盯著燒成焦炭的屍體，屍首分離，在極高溫度的焚燒下，只見地板上燒焦頭顱的脆片，以及靠坐在椅子上、被燒成灰燼的遺體。

「火災現場的遺體通常會有一種蜷曲的姿勢，那是人體被火焰焚燒後，自然發生的變化，除非四肢被固定住或用特別的方法控制，否則基本上沒有例外。」

「可是燒成這樣……」

「在如此高溫快速焚燒的情況，沒有外力固定，還能維持完整的坐姿……」

龍麗芳沒有繼續說下去。

「龍姊，妳也懷疑火災發生之前，蘇慧玲就已經死了，已經毫無知覺了，對不對？」謝春樺興奮地追問：「如果她是自己淋汽油自焚，怎麼可能乖乖坐在那裡燒？怎麼可能都不掙扎哀號？只要還活著，還有一點知覺，怎麼可能不覺得痛？潑灑汽油的一定是另有其人，不是蘇慧玲本人！」她雙手握拳。「只要有妳的驗屍報告，檢察官就不能夠以自殺結案，我相信仔細清查蘇慧玲身邊的人，一定能找到嫌疑犯！」

「妳要失望了。」

看著龍麗芳淡定的表情，謝春樺心裡一驚，急忙翻看手上的驗屍報告。

「龍姊，妳根本沒提到妳剛才說的疑點！」

「我去殯儀館相驗那天，楊檢站在我旁邊，他說『這具屍體很有可能是自殺』。」

龍麗芳說話的語氣毫無起伏，彷彿在說著日常例行公事，然而她眼底卻有種微妙的情緒，謝春樺彷彿能捕捉到她想傳達的訊息。

頓時，她明白了。

龍麗芳遲遲不交出這份驗屍報告的緣由，她在等，等看看有沒有異議、有沒有新事證。

「龍姊，妳在等什麼嗎？」

「我等到的是妳，所以拿去吧，那是檢察官需要的驗屍報告。」

「龍姊，這樣不對，這具屍體的死因明明有問題，妳應該堅持己見。」謝春樺氣憤地說，而龍麗芳卻是輕笑。

「不要露出那種表情，我們都只是體制的一員，這只是一份工作。」

「可是……」

「幾點了？」

「七點半。」

龍麗芳起身，拿起椅背上的外套穿好。

「我今天驗了十一具屍體，可以了，今天不熬夜加班，一起去喝一杯，怎麼樣？」

謝春樺的胸口堆積著一股難過又不甘的悶氣。確實，很需要喝個爛醉，才有辦法說服自己遺忘。

她拿起那份驗屍報告，跟隨龍麗芳離開辦公室，關燈。

幾天後，美優大樓起火案最終以蘇慧玲縱火自殺偵結。

第二案

1

謝春樺很喜歡這片海灘。

每次碰上心情鬱悶，或者工作壓力大時，她會獨自開車，沿著濱海公路慢慢晃，偶爾停下來買杯咖啡，一邊喝著咖啡，一邊欣賞遼闊的海洋，不論晴雨，都別有滋味。

她記得曾經在某部電影裡看過這樣的臺詞——

為什麼人類喜歡海洋？

也許是因為喜歡自由的感覺。

很有道理。

謝春樺每每看著大海，總體悟到自己的煩惱有多渺小。

然而此時此刻，謝春樺來到這片海灘不是為了放鬆或排解煩憂，而是為了辦案。

這條海岸公路有幾個地段特別設置觀景平臺，還附設幾個停車格，三不五時會有行動咖啡車停駐。

今天清晨五點十分左右，一對騎自行車出來晨遊的夫妻暫時在此停下休息，卻聞到一股怪味，發現是從旁邊停的一輛深藍色轎車內傳出，他們靠近一看，赫然發現駕駛座有個女人動也不動，副駕駛座則有個炭盆，他們嚇一大跳，趕緊打電話報警。

於是，警察和救護車都過來了，當時女人已經沒有氣息，死了。透過車內的證件得知死者名為陳怡文，年紀三十出頭，而車主則是死者丈夫，陳女的丈夫在昨晚半夜曾經報警，請求警察幫忙尋人，他妻子和他母親大吵一架後，她盛怒之下開車離家，恐有自殺企圖。

沒想到隔沒幾小時後，找到的真是一具屍體。

警察圍起封鎖線，阻擋看好戲的路人和聞風而來的記者。鑑識人員盡量在被路人干擾破壞證物前，拍照、蒐集線索。目前已知車內的副駕駛座有炭盆和燒盡的木炭，置物廂內則有一封她親筆寫的遺書，還須經過筆跡鑑定。

陳女丈夫趕來後，被警察阻擋在外，屍體讓救護車送去醫院，雖然人已經不治，該走的流程還是得走完，他看著空車，泣不成聲。

記者們圍繞著他，像蒼蠅繞著一塊可口蛋糕，手上麥克風對準他，一個接一個地逼問。
「你妻子在車內燒炭自殺，你有什麼想法？很難過嗎？」
「她為什麼會自殺？之前有出現徵兆嗎？」
謝春樺目睹此景，得咬牙忍住才不至於衝過去痛罵嗜血的媒體。
「都是我的錯，都是我媽！如果不要一直逼怡文生小孩，她也不會崩潰！我早就說過不要逼她，為什麼……怡文，對不起，我對不起妳！」陳女丈夫哭得涕泗縱橫，跪倒在地，攝影機拚命拍他，想搶最佳鏡頭。
謝春樺凝望著晴空萬里，海天一色的景致，如此心曠神怡，實在不願轉頭面對殘酷的現實和醜陋的人性。
但這就是她的工作。
鑑識人員無視封鎖線外的鬧劇，小心翼翼地在車內車外拍照、採證，幾名警察則負責維持好秩序，不讓閒雜人等破壞現場。
李政璋檢察官人一到，看了看副座的炭盆，聞了聞車內的氣味，加上置物廂內的遺書，心裡大概已經有底。
好吧，謝春樺知道他不會在此逗留太多時間。
檢察官交代幾句，盡快把證物、報告交到他手上，人就走了，她估計大概就待了十五分鐘，已經很給面子。

法醫師很快會去跟檢察官會合，相驗屍體，接著驗屍報告出爐，家屬無疑義，結案，就這樣，一條逝去的生命從此不留痕跡。

即便如此，謝春樺仍舊拿著她的筆形手電筒，在現場做最後的巡禮，搜尋可能遺漏的線索，鑑識人員阿達突然靠近她。

「村花，妳看。」

一聽到這暱稱，謝春樺先白他一眼。

「幹嘛？」她沒好氣地應聲，看他手上的透明證物袋內裝著一支鋼筆。「這是什麼？」她拿過來仔細查看。

「掉在那輛車外的地上。」阿達指向陳怡文的車子駕駛座外的地面。

這支鋼筆的筆桿用燙金色字體刻上醫院名稱以及「鍾智楷醫生」。

謝春樺皺起眉頭。「這支筆跟陳怡文的死有關係嗎？是她的東西嗎？」

阿達聳聳肩。「不知道，這附近挺乾淨的，垃圾都丟到那邊的垃圾桶，所以這支筆掉在停車格這邊特別顯眼。」

謝春樺按阿達指示看了周遭環境，確實在停車格另一邊有兩個垃圾桶，還分成一般垃圾和資源回收。

「這是你太太的東西嗎？」

恰好陳女的丈夫在現場，謝春樺將他叫進封鎖線內，讓他查看證物袋內的鋼筆。

男人紅著眼睛，眼角還有淚，很認真地看這支鋼筆。

「我不記得怡文用過這支筆……鍾智楷醫生，我認識他！他是我太太的婦產科醫生。我太太的體質很容易流產，因為鍾醫生在業界滿有名的，所以我們一起去找他，本來以為這次會很順利，結果……」男人又忍不住落淚。「現在想想，醫生說得很對，其實領養也可以。我也不想逼怡文，都是我媽，說什麼我是獨子，一定要留後，就是這種迂腐觀念害死人！」

謝春樺不忍心再刺激他，勸他幾句後，派了一名警員陪他一起去醫院。

她盯著證物袋內的鋼筆，陷入思索。

原來夫妻都認識這名鍾智楷醫生，但為什麼他的筆會掉在車子外面？這麼巧？剛好陳怡文就在這車內自殺？這支筆屬於鍾智楷醫生，難道是他送給陳怡文，但陳怡文的丈夫說沒看過妻子用過這支筆？那麼為何陳怡文會還在她自殺這天將筆帶過來，有何意義？

看來，要釋疑還是得找個時間和這名鍾智楷醫生當面談一談。

2

法醫的驗屍報告很快出爐，陳怡文的死因確定是一氧化碳中毒而死，家屬對死因無異議，留在車子置物廂內的遺書經過筆跡鑑定也確定是本人所寫，而陳怡文的丈夫在家中也找到陳怡文生前去商店購買炭盆和木炭的收據……一切證據都指向陳怡文是自殺，也沒有值得質疑的動機，但沒想到鑑識人員阿達卻帶來一個出乎意料的消息。

「那支鋼筆上面沒有指紋？」

「對。」阿達斬釘截鐵地說。

「怎麼可能?!」謝春樺失笑。「一定有人碰過那支筆，不然怎麼掉在那裡？」

「真的沒指紋，很乾淨。」

「有人碰過怎麼可能沒留下指紋？難道被擦掉了？」

阿達聳聳肩。

可是為什麼呢？

謝春樺一頭霧水，原本她想比對鋼筆上的指紋和陳怡文的指紋是否相合，判斷這支筆是不是陳怡文帶過去，或者另有其人，結果阿達給她的答案讓她措手不及。

這代表有人在丟這支筆之前先把指紋擦乾淨，是因為怕被查出身分？

「太荒謬了，」謝春樺難以置信。「會是誰？」

「不知道，」阿達瞇起眼。「這應該是妳的工作，」他調侃一句後，又拿出另一樣東西。「還有這個，也是在車上找到的。」

謝春樺盯著證物袋內的儀器，納悶。

「這又是什麼？」

「這是一種追蹤器，改良過的，功能非常好。」

「追蹤器？幹嘛用？」

阿達翻白眼。「妳沒一點常識喔，把這東西裝在妳的車上，隨時隨地都可以知道妳的車子開到哪裡！」

「這麼厲害，」謝春樺好奇地拿過來仔細端詳。「好像在拍電影，現實真的有這種東西？」

阿達搖搖頭。「妳應該多接觸一點新科技的工具，現在的犯人可不是只會拿刀、拿槍殺人。」

謝春樺撇嘴。

「少廢話，她車上怎麼會裝這種東西？」

「誰知道，這種東西通常拿來跟監或抓姦，妳應該去問她老公。」

「可以反向追蹤嗎？」謝春樺提議：「我是說可不可以偵測到是誰想追蹤這輛車？」

「是可以，不過……」阿達遲疑了。

「怎樣？」

「個資法，」他苦笑。「如果是刑事案件，檢察官同意，就可以查了。」

謝春樺無奈地嘆氣，又是個資法。

算了，她將目光轉移到鋼筆上的名字，目前最重要的就是親自見這名醫生一面，聊聊他和陳怡文的關係。

3

謝春樺傳喚鍾智楷醫生到案說明，出乎意料地，對方很爽快地答應了，沒有任何藉口推託，當天，他穿著一身筆挺昂貴的西裝到警局，腳上則是一雙擦亮的皮鞋，感覺像是來辦演講。

鍾智楷長得很英俊，相貌堂堂，說話條理分明，眼底有股親切柔和的光芒，很容易奪取他人的信賴，謝春樺深信他會是個深受病人喜愛的醫生，而且因為未婚身分應該很熱門。

她先請教關於陳怡文的事，他直言不諱。

陳怡文的體質很容易流產，懷孕過幾次都無法順利生小孩，所以夫妻倆一起來看診。

「懷孕的情況怎樣？」

「初期情況良好，不過……」鍾智楷微微一笑。「女人流產的原因很多，因人而異，顧及到病人隱私我不便多說，我對陳女士做過徹底的身體檢查，她的卵子很健康，陳女士丈夫的精子數量也正常，我的建議是，未必要從自己的子宮孕育孩子。」

「你要她找代孕嗎？」這是直接判死刑了吧。

「懷孕對女人來說不只是身體的負擔，同時間要承受極大的精神壓力，需要保持心理的穩定，如果給自己過重的壓力，會更容易流產，明白我的意思嗎？這是惡性循環。」

「所以你幫她看診的時候，她有露出精神崩潰的跡象？」

「夫妻問題不是我的業務範圍，不過她的夫家確實是她的壓力來源，我曾經勸過她和她丈夫搬出去，別和公婆同住。」

看樣子是勸說失敗了。

「謝警官，請問為什麼找我過來警局？只因為我是陳怡文女士的婦產科醫生？還有別的理由嗎？」他探詢道。

對了，還沒講到重點。

「是因為一支鋼筆。」謝春樺將裝著鋼筆的證物袋放到他眼前。

那支鋼筆的筆桿用燙金色字體刻上醫院名稱以及「鍾智楷醫生」。

鍾智楷安靜地凝望那支筆，也沒拿起來看，濃眉微微皺起，似乎陷入困惑。

「鍾醫生，這是你的東西嗎？」

「應該是……我記得我任職的醫院特別為醫生打造一些個人的文具給醫生使用，不過我從來沒用過。」

「你沒發現這支筆不見了？」謝春樺很仔細地觀察他的表情，他看來很坦然。

「沒發現……我說過我從來沒用過這支筆，都擺在看診室裡，妳可以打電話問護理師，他們應該比我清楚。」

「我已經問過了，你的護理師也不知道這支鋼筆是什麼時候不見的，」謝春樺頓了下。「這支筆掉在陳怡文燒炭自殺的地點。」

他臉上沒表露出任何情緒反應。

「鍾醫生，陳怡文之前有透露出想自殺的企圖嗎？」

「我記得她有重度憂鬱症，」鍾智楷微笑。「也許妳應該去請教她的身心科醫生。」

「我已經請教過了。」謝春樺也回以笑容，事實上，就連陳怡文的家人都很清楚她的憂鬱症病史，以及多次企圖自殺，所以當她半夜開車出去才導致陳女的丈夫急著報警，可惜還是沒阻止成功。

「妳找我過來，只是因為那支筆？」鍾智楷突然冒出一句。

「是的。」

謝春樺簡單地回應，卻沒想到在他臉上看到一種極複雜的表情，好像有人重重地往他肚子打了一拳，讓他異常狼狽。

我說錯什麼？謝春樺迅速在腦中回放剛才兩人所有的對話，實在想不出哪裡有問題，可是他的反應太奇怪，像是哪個環節錯了？

「謝警官，警方是在車內哪裡發現那支筆？」他漠然地問。

謝春樺的胸口猛然劇烈一跳。

「其實是掉在車子外面……鍾醫生，你怎麼知道那支筆不是陳怡文帶在身上？」一般來說，筆會帶在身上或者放在隨身包包內，他怎麼會斬釘截鐵地認為筆是掉在車子裡的某處？

這支鋼筆的消息並未對外透露過，除了負責調查此案的警察和鑑識人員，沒有外人知道，鍾智楷的態度簡直像是……他從一開始就確定車內沒有那支筆。

「我不知道，只是隨便猜猜。」他敷衍地回應。

但謝春樺腦中已經萌生警訊，她不想敷衍了事。

「鍾醫生，我想確認一下你在陳怡文自殺當天的行程，你當時在哪裡？」

「問我不在場證明？我是嫌疑犯嗎？」他調侃道：「我以為這是自殺案件。」

「只是例行公事，」謝春樺擺出客套的態度。「也是排除掉你的嫌疑。」

「我在家，」他又補充一句。「我一個人，沒有人可以證明。」

「我知道了，」謝春樺點點頭，迅雷不及掩耳地追問：「為什麼陳怡文會有你的筆？是你送給她的嗎？」

鍾智楷並沒有被她帶著走，穩穩地回道：「我不知道，我沒用過那支筆，也許看診的時候她用了，然後帶走了。」

好吧，看樣子他是不可能多透露出其他線索，但那股揮之不去的疑惑仍纏繞著謝春樺。

他一定隱瞞了什麼。

「好的，謝謝你的配合，等我們調查完畢，結案以後，會將這支筆物歸原主。」

可是鍾智楷沒有離去，雙眼直直凝視著她。

「請問那支鋼筆的鑑定結果出來了嗎？」

「什麼結果？」

「那支筆上面有誰的指紋？」

謝春樺的心臟差點停止跳動，不敢置信。

和他四目相對，她瞬間感受到被看穿的狼狽。

他怎麼可能知道？

「很抱歉，案子還在調查，不能隨便透露。」

她按捺住激動的心緒，打發他，鍾智楷倒也沒有堅持，起身離去。

他的眼神很有壓迫力。

謝春樺不得不揣測，即便她沒說，他已經知道了，鋼筆上面沒有任何人的指紋，從剛剛的對視裡她似乎捕捉到了他所透露出來的訊息，但這怎麼可能呢？他如何得知？就是他把筆掉在那裡的嗎？為什麼？

謝春樺接觸過各種罪犯，見識過各式流氓，身為女警總得承受性別歧視和輕視，無法避免，然而鍾智楷給她的是截然不同的感受，他看起來那麼安全正派，她卻在和他接觸談話的過程中，屢屢有股不祥的直覺。

她必須小心這個人。

＊

「局長，陳怡文這個案子有很多疑點。」

局長坐在辦公桌後方，一邊翻著她呈交上來的報告，略略抬了下右眉。

「有什麼疑點？」

謝春樺娓娓道來她和鍾智楷的對話過程，雖然已經打成書面報告，仍不厭其煩地重述當時的情景以及他對那支鋼筆的反應。

同時她將裝著追蹤器的證物袋放到局長桌上。

「我問過陳怡文的丈夫，他根本不知道自家車上裝有這種東西，而且也想不出來會是誰偷裝，他沒跟人結怨，他們夫妻的感情很好，只有婆媳問題，而他媽媽是七十多歲的老人，也不懂這些科技產品……他坦承這輛車平常會停在外邊，有可能趁他們沒用車的時候偷裝上去。」

局長沒啥反應。「然後呢？」

「局長，我們可以利用這個追蹤器反向跟蹤，有機會偵測到這個偷裝者的所在地點，進一步鎖定這個人的身分，查出這個人跟陳怡文的關係！」謝春樺激動地說，但局長卻露出不耐煩的表情。

「查出來那個人又怎樣，陳怡文還是自殺嘛！幹嘛多此一舉？」局長直接闔上報告，放置一旁。「難道有任何疑點指向她不是自殺，而是被謀殺？」

「可是……這支鋼筆也很可疑！」謝春樺不死心，拿出報告裡的證物照片。「那種偏僻的海邊掉了一支醫生的鋼筆，而且剛好是自殺者的醫生，不是很奇怪嗎？」

局長揉揉眉心。「就是一支筆，哪裡奇怪？難道是兇器？」

「這支鋼筆上面完全沒有任何人的指紋，這不奇怪嗎？」

「可能用筆的人就喜歡戴手套嘛，不行嗎？這跟陳怡文自殺能扯上什麼關係？妳這根本隨意揣測，自行編故事！」

「可是這支筆是掉在自殺者的車子駕駛座的外面！而且筆的所有人正好是自殺者的醫生！他在陳怡文自殺那晚也沒有確實的不在場證明，這不值得懷疑嗎？」

「所以呢？妳懷疑他們兩個通姦，醫生殺了她，這樣？還是有什麼理由醫生非要殺了她不可，妳說說看？是不是他騙她吃安眠藥，然後乘機在車子裡燒炭殺了她，偽裝成自殺？動機呢？」

「目前不知道動機，所以才要調查。」

「調查又怎樣，還是自殺嘛！小春，妳要知道那些木炭是自殺的陳怡文自己去買的，不是那個鍾醫生。她的屍體完全沒有被強迫的痕跡，遺書是她自己親筆寫的，吞下去的安眠藥也是她另一個身心科醫生開給她的，以前她就有多次企圖自殺的紀錄……妳告訴我，妳要用什麼理由說服檢察官這是謀殺案、是刑事案件、另有兇手?!」局長摸摸額頭。「小春，我已經講過很多次，有證據，有犯罪，沒證據，沒犯罪，懂嗎？」

「局長，我們應該試著去釐清疑點，而不是一開始就下結論，難道連試著去調查都不行嗎？這支鋼筆為什麼會掉在那裡？是誰掉的？車上的追蹤器是誰裝的？這些疑點都沒解決就要結案，不是很奇怪嗎？我願意親自去跟李檢說明，我可以扛責任！」

面對屬下慷慨激昂的陳情，局長輕嘆口氣。

「小春，妳是不是很閒？最近暑假要到了，緝毒組那邊很忙，缺人，妳要不要過去支援？」

謝春樺心底頓時充滿無力感，這是局長結束討論的委婉訊號，這案子已經沒有改變偵查方向的可能，檢察官要結案了，他們沒必要自找麻煩。

果然如她所料，幾天後，陳怡文一案確定以燒炭自殺偵結。

這時，謝春樺還沒意識到，她已經被捲入一場大風暴裡。

第三案

1

「您好，這裡是勤務指揮中心，您有什麼緊急事故？」

「快派人過來永福橋，這裡有人放火燒車！」

*

十一月二十一日下午三點三十分，跨越新店溪，連接臺北市和新北市的橋樑永福橋邊，一輛紅色豐田突然停下，從駕駛座走出一名身材修長的男子，他西裝筆挺，從容不迫地從車內拿出一罐汽油，眾目睽睽之下將汽油往紅色車體和車內潑灑，隨後他掏出打火機，火苗瞬間燃起。

男子默默走到橋邊，掏菸點菸，一縷白煙悠悠地從他嘴邊飄出，往上飛揚。

他凝望著陰鬱的天空，始終不發一語，也沒有其他動作。

永福橋向來人車往來不斷，川流不息，此刻因這起火燒車而引發一陣喧囂，不少過往路人、車子停下來圍觀，喇叭聲不絕於耳，男人卻像已經隔絕於俗世之外，絲毫不受影響。

消防車很快來了，警車也迅速趕到，警察一開始以為男人有自殺企圖，但他只是安靜地舉起雙手，最後被兩名警察押入警車內帶走。

男人火燒車的影像頃刻間傳遍各大媒體，有人用手機拍攝，有人提供行車紀錄器的影像，於是不管網路或電視，統統都捕捉到整個火燒車事件的過程。

因此，男人的身分幾乎沒花多久時間就查出來。

他叫鍾智楷，是一名執業婦產科醫生，聲名卓越，而那輛紅色豐田屬於他妹妹鍾丹純所有。燒車的當時，車內貌似還有一具屍體，警方推測很可能就是鍾丹純，鍾丹純的家人已經在前晚報案失蹤……

＊

火燒車事故發生當下，謝春樺正在警局裡應付一名中年婦女，她因為機車停紅線被開單而不爽，跑到警局吵鬧，說要申訴。

她認為是鄰居挾怨報復才會一再檢舉。

「我停在那裡停了十幾年都沒事，突然說我違規？我家那條巷子那麼窄，不停那裡叫我停哪裡？」婦人氣沖沖地說。

「李太太，那條路已經畫紅線，不能停車。」謝春樺客套地安撫她，試圖講理，雖然她知道這叫對牛彈琴，婦人過來就是來吵架不是來溝通。

「為什麼突然畫紅線？你們警察畫紅線的標準到底是什麼？想畫就畫嗎？都沒顧慮到我們老百姓的權益嗎？有沒有幫我們這些當地住戶著想過？」

謝春樺努力忍受著婦人無窮盡的抱怨，心裡不爽也只能壓下來，提醒自己千萬不要擺起臉孔跟她吵架，謹記局長的告誡，當警察就是服務業，要以最大耐心服務公眾……這時，謝春樺瞄到旁邊手機似乎有動靜，她跟幾名同事組的Line群貌似熱鬧起來了，像在討論什麼。

同一時間，警局的電視機螢幕上出現一張出乎意料的臉孔，謝春樺瞪著那個男人，記憶如潮水般湧上，她萬萬沒想到會在幾個月後用這種方式再見到他。

音量被轉大，年輕的女新聞記者激動得口沫橫飛，連坐在謝春樺旁邊的中年婦人都忍不住被她吸引，停止抱怨。

「各位觀眾，記者目前所在位置正是永福橋！就在五分鐘前，消防隊已經將火撲滅，根據警方透露，車內確實有一具屍體，已經送去醫院太平間，還需要法醫鑑定身分和確定死因，而縱火者的身分也已經證實是婦產科醫生鍾智楷……」

她果然沒認錯人，謝春樺盯著電視螢幕上正在回放稍早畫面，由觀眾所提供的錄像——鍾智楷在橋邊停好車，從車內走出來朝車子放火，動作不疾不徐，彷彿一個表演者，他在舞臺上，而周遭所有人都是觀眾，正在觀賞他的演出……

為什麼有種奇怪的違和感呢？謝春樺陷入和鍾智楷初次面談的回憶裡，電視裡的他好像少了什麼？

＊

這個案件引起軒然大波。

最主要在於這名將車子停在橋邊，並且縱火燒車者，他的身分不是黑道流氓，縱火動機也不在於恩怨情仇或者債務糾紛，這個男人是個聲譽優良的好醫生，沒有欠錢欠債問題，沒有男女感情因素，沒有職業事故……沒有人相信他會做出這種事。

那輛車內的屍體經過ＤＮＡ鑑定已經證實是失蹤超過一天的鍾丹純，也就是鍾智楷的妹妹。

鍾丹純的丈夫瞿致遠難以接受，怎麼也不願意相信殺害妻子的人是大舅子。

「不可能，他們的感情那麼好……」瞿致遠難過得在攝影機鏡頭前流下男兒淚。

然而所有的證據都指向，鍾智楷謀殺親妹妹。

是不是現代社會體制扭曲了一個好人？

電視上的各式各樣談話節目紛紛以鍾智楷為主角，將他家祖宗十八代全盤挖出，其實大部分都是亂傳的八卦。名嘴們討論國內外類似案例，毫無邏輯性的變態殺人事件裡的那些殺人犯看起來都很正常，甚至具有優秀的背景，怎麼會突然犯下滔天大罪？是個人天生性格使然或是後天環境造成？

謝春樺一直密切注意案件的發展。

這案子不屬於她隸屬警局所管轄，因此很多案件細節也只能透過跟內部同僚打聽的方式，旁敲側擊，即便如此她也逐漸理出這案子的初步輪廓。

阿達正好負責這次的鑑識工作，私下和她聊天時聊起，警方陸續收到相關證物，主要是追查監視器的影像而來。

根據鍾丹純的家人所言，鍾丹純應該在十九日那天下午開車抵達宜蘭，然而她家人卻等到晚上都沒等到人，手機也打不通，於是他們報警協尋，經過二十四小時都沒消息，警察將其列為失蹤人口之一。

就鍾丹純臺北所住的大廈管理員透露，她在十九日當天早上從住家出發，監視器畫面顯示她開著自己那輛紅色豐田離開，並且曾經和管理員打過招呼，管理員記得很清楚，因為她幾乎每個週末都會回去宜蘭看小孩。

警方調閱當天上午從臺北到宜蘭高速公路的路況監視器影像，找到了鍾丹純所開的那輛紅色豐田，在中午左右從宜蘭交流道出口下去，然而從那之後，車子便失去蹤跡。

同時間，鍾智楷原本十九日下午有門診，他卻在門診即將開始之前，臨時通知醫院取消。由於鍾智楷是個很負責任的醫生，病人也非常多，從來沒有臨時取消門診的紀錄，護理師們都相當訝異。

他只說有私事要處理，隨即開車離開醫院，醫院停車場出口的監視器有拍到他的車，大約是當天下午一點左右。

從此沒人有鍾智楷的消息，醫院方面曾試圖聯繫他，他不在家，手機也關機。鍾丹純的家人表示他們確實想聯絡鍾智楷，同樣也找不到人。

鍾丹純的紅色豐田再度現身是在二十二號早上，從宜蘭交流道入口開往臺北，一直開到永福橋，鍾智楷停下車，縱火燒車。

期間他曾在三個地點停車，一間餐廳、一間便利商店以及一處加油站。

鍾智楷在加油站除了加油，還買了一罐汽油。加油站的員工表示沒有察覺異樣，副駕駛座是坐了一個女人，蓋著一件白色大衣，動也不動，他以為女人在睡覺，不過確實有聞到怪味。

那三處地點的監視器都有留下鍾智楷清晰的身影，裡頭的工作人員也證實確實鍾智楷本人曾經到那裡消費，開著那輛紅色豐田。

謝春樺一邊做筆記，還特地去找負責這次驗屍工作的龍麗芳。

龍麗芳倒是沒避諱，坦率告知驗屍的結果。

她幫謝春樺泡咖啡，兩人就這麼在她的辦公室內喝咖啡，閒聊著。謝春樺總有種好像坐在外頭餐廳喝下午茶的錯覺，就差帶些甜點過去了。

經火燒過的屍體要確定死亡時間很困難，幸運的是鍾丹純的屍體骨骼和內臟還未破壞殆盡，因此檢查過氣管和肺部之後，確認她在火燒之前就已經死亡。

「她致死的原因是什麼？」謝春樺好奇地問。

龍麗芳頓了下，清冷的臉孔流露出一絲不忍的表情。

「我只能說，她承受了一個女人在精神上和肉體上極致的折磨。」

頓時，一片沉寂。

謝春樺的胸口壓著一股鬱悶，揮散不去，她輕聲問：「那麼，她有被……」

兩個女人頗有默契的交換眼神，龍麗芳點點頭。

「禽獸！」謝春樺氣得怒罵，眼眶紅了。「他怎麼可以這樣對自己的妹妹，他這麼恨她？」

「小春，我當法醫這些年，理解到人心的複雜，不要試圖用邏輯或理性去分析，太難了。」

那身為警察能做什麼呢？謝春樺感到好無力。

「其實有一點很奇怪……」龍麗芳遲疑幾秒後，娓娓道來。

謝春樺一邊聽著，不知不覺出神，陷入疑惑，確實很奇怪。

2

隔天，謝春樺親自到永福橋走一趟。

她開車從臺北公館，經自來水南區營業處上橋，通過鍾智楷先前燒車處，已經毫無當時交通大亂、人車喧囂的痕跡。

這座橋有著紅色橋拱，橋高十公尺，發生過不少事故，還曾經有人要求計程車司機載他來此處下車跳河自殺，也難怪鍾智楷站在橋邊會被懷疑可能有自殺企圖。

不論白天黑夜，人流和車流量都很大，鍾智楷選擇在此處燒車意味著就是要讓路人盡快報警，通知消防隊，以及逮捕他。

她打開車窗，閉上眼睛，讓微風輕拂過臉龐，腦中浮現鍾智楷接受警方偵訊時的表情。

由於鍾智楷的案子非她所屬警局管轄，資料屬於機密，即便警方內部也不可隨意外洩，謝春樺特地去拜託警大同期的朋友林進德警官，他隸屬的警局負責偵辦此案，藉此調閱出偵訊的影像和相關筆錄。

偵訊室內，兩名便衣警察看起來神情嚴肅，謝春樺不認識他們，林進德表示那兩個是刑警隊的老鳥，這案子上頭很重視，要派有經驗的人來辦。

那兩人一個姓張，戴眼鏡，相貌斯文，端坐在椅子上，除了錄像外，他還認真地做筆記。而另一名警察留滿臉落腮鬍，頗具流氓氣，眼神兇惡，不穿制服還以為是混黑道的，他站在一邊，雙手抱胸，輕蔑地瞪著鍾智楷；偵訊室角落的電腦桌前還坐了一名負責記錄偵訊過程的年輕警員，他面無表情地看著三人，彷彿狀況外。

面對兩名老鳥警官，鍾智楷一派氣定神閒坐著，在攝影鏡頭前坦然承認罪刑，甚至表達不需要請律師辯護，不過這種刑事案件自然會有公設辯護人幫忙上法庭維護他的權益。

影像裡，張警官提醒他：「你確定不用等律師？」

「不需要，我認罪，我殺了我妹妹鍾丹純。」

接著是一陣死寂，謝春樺揣想或許連兩名刑警都被他的坦率認罪給搞得不知所措。

「你怎麼殺她？」張警官繼續問。

「我利用她的信任，誘拐她上我的車，然後我囚禁她，折磨她，凌虐她，殺了她，最後把她的屍體燒了。」

他說這一串話時神情漠然，好像描述的是別人的經歷，不關己事。

「鍾先生，我要再次提醒你，你現在所說的每句話都會變成呈堂證供，都是有效力的，請你要謹慎。」張警官才說完話，那名落腮鬍警察立刻湊過去桌邊，兇眼瞪著鍾智楷。

「為什麼殺你妹妹？」

鍾智楷微笑。「動機很重要嗎？」

「為什麼殺你妹妹？」落腮鬍警察的口氣很明顯壓抑著怒氣，說不定下一步就是直接一拳揮過去。

鍾智楷安靜幾秒，輕聲說：「因為我是變態。」

他的影像清清楚楚，他的表情很平靜，講話條條有理，謝春樺忍不住回想起幾個月前偵訊他的情形，她瞇著眼，感覺鍾智楷似乎哪裡變了，卻又說不上來。

他詳細描述誘拐鍾丹純上車之後，將她囚禁在何處，以及用什麼工具折磨她，那細節不僅現場兩名警察越聽臉色越差，負責記錄的年輕菜鳥警察更是表情僵硬，似乎想奪門而出，即使只是觀看錄像，謝春樺都感受到生理性和心理的雙重不舒服。

看完這份偵訊的錄像，林進德搖搖頭，怒罵：「真是人渣，這樣對自己的親妹妹！」

然而，謝春樺沒有找到想要的答案，反倒陷入更深的疑惑。

「有找到鍾智楷從醫院開出去的那輛車嗎？」

「有，就停在宜蘭的一條產業道路旁邊，可能那也是鍾智楷誘拐他妹妹上車的地點。」林進德頓了下，接著說明：「鍾丹純開的紅色豐田曾經停在同一個地點，大概停了一天，地上殘留的輪胎痕跡符合她的車。曾經有個交警注意到那輛陌生車子，當時是二十日下午三、四點，是空車，裡頭沒人，車鎖著，不過他查了車號沒有相關失竊的紀錄，就沒有繼續追蹤。鍾丹純每個星期的週末都會回婆家看小孩，對宜蘭偏鄉的小路很熟，那條路沒什麼人車，只有在地人知道的捷徑，連路口監視器都是擺設，根本不能運作。」

「所以也沒辦法確定紅色豐田停在那裡的時間，以及鍾智楷什麼時候開車過去？」謝春樺越來越納悶，「可是後來鍾智楷又開自己的車，載著妹妹的屍體過去，換回妹妹的紅色豐田，自己的車停在那裡，然後開紅色豐田回臺北？」

「對，他是這麼說。」

「幹嘛多此一舉？他開自己的車回臺北就好了……」

「可能他捨不得燒自己的愛車，」林進德冷笑。「小春，妳跟一個神經病、變態講道理？他們做什麼都不奇怪。」

問題是，這案子太奇怪了，謝春樺悶著頭猛看筆錄，特別是證據太明顯。

「阿德，你不覺得很怪嗎？鍾智楷幹嘛在大庭廣眾下放火燒車？而且車子裡面還有一具屍體？這跟自首有什麼兩樣？」簡直就是擺明了宣告「我正在犯罪，快來抓我」，就差沒用大聲公到處廣播。

林進德聳聳肩。「可能他就是想早點被抓到。」

「還有這些監視器畫面，根本是故意要被拍到吧，去便利商店、去餐廳、去加油站，連臉都不用遮一下？」他選的停車地點都是會安裝好幾臺監視器的店，想不被拍到都難。

「要不然怎麼會有專家說他已經精神失常？」林進德無奈地搖頭，諷刺地說，接著壓低聲量。「我偷偷告訴妳，有個常上電視的大律師，姓高的那位，聯絡我們局長，說他有意願、自願要幫鍾智楷辯護，當他的辯護律師，他說他相信鍾智楷為人正派，不可能會殺自己的親妹妹，一定是哪裡搞錯，還有他不信官方的精神鑑定，已經自行找了好幾個心理師、精神科醫師要幫鍾智楷做精神鑑定，懂了嗎？」林進德臉上露出的表情暗示著「好戲才剛開始」。

但是謝春樺並不想看好戲，她只想知道真相。

陳怡文燒炭自殺時在車外發現的那支鋼筆已經物歸原主，確定就是鍾智楷所有，然而到底是怎麼從醫院看診室丟掉的，至今仍是謎。

她回想起他當時接受偵訊的神情，對照著剛剛在影像裡看到的他，突然她領悟到是哪裡變了。

是絕望。

鍾智楷的眼睛裡透露的是說不出口的絕望，一雙空洞的眼睛裡沒有靈魂，只剩空殼。

他經歷了什麼？他隱藏了什麼？

3

「求求你，局長，只有你能幫我！」謝春樺雙手合十，站在辦公桌前，低著頭拚命向局長懇求。「讓我訊問鍾智楷，我有很重要的問題要問他！」

由於謝春樺所隸屬警局對鍾智楷的案件沒有管轄權，她即便想透過關係見鍾智楷也很難，只能求助局長出面溝通。此刻如果下跪可以達到目的，謝春樺也會非常樂意。

局長無奈地揉揉眉心。「小春，妳怎麼老是異想天開，提出無理的請求?!這案子鬧大了，太受矚目，現在已經是刑事局接手，妳這種基層警察管不了，插不了手！是不是嫌麻煩事還不夠多？這跟妳平常處理的雞毛蒜皮小事可不一樣！」

「局長，我一定要當面跟他談一談！給我十分鐘，不，五分鐘也好！五分鐘就夠了！局長，你一定有辦法，這是我一生的請求，拜託你！」

局長望著下屬如此卑微的態度，心情沉重，他下意識地摸摸頭頂，真擔心這事件過後又得長出不少白頭髮了。

＊

再次親眼見到鍾智楷醫生，謝春樺可以體會到「恍若隔世」這個形容詞有多麼精準。

坐在偵訊室裡的男人變了，不只是因為他穿著看守所的囚衣，而是他的神態看起來極為疲憊。

他安靜地坐著，看見謝春樺坐到他對面，他微皺起眉頭，旋即微笑。

「謝警官，妳好。」

「你記得我？」她有點訝異，畢竟是半年前的事。

「因為我是醫生。」他泰然自若地說，眼睛迅速在桌面上游移，空無一物。

「妳不錄音錄影，也不做筆錄？難道是非正式的訊問？」他嘲諷道。

謝春樺沒理他，直截了當地說：「我有幾個問題想聽你親口回答。」

「不用再問了，不管什麼指控我全部認罪。」他哼口氣，像是有點不耐煩。

「為什麼要袒護另一個男人？」謝春樺的雙眼直勾勾盯著他，他臉上神色迅速轉換，似乎很驚訝她會問這個問題，但很快恢復平靜。

「我不知道妳在說什麼。」

「在你妹妹的下體檢驗出一個男人的精液，不是你的，也不是你的妹夫……」她的雙手交握成拳，擱在桌上，整個人傾身向前，低聲說：「那個男人強暴了你妹妹，對不對？」

他的眼底閃過一絲痛楚，轉瞬即逝。

「我不知道妳在說什麼。」

謝春樺的背往後靠坐，她相信鍾智楷就是用這樣頑固的態度面對檢察官的質問，不願說出真相。

她輕嘆口氣。

「你妹妹懷孕了，我不相信你會那樣殘忍地對她。」

鍾智楷一聽，整個身體變得僵直，震驚地瞪著她。

謝春樺對他的反應也很驚訝。「你還不知道嗎？」

他露出悽慘的笑容。「我現在知道了。」

「你真的那麼恨她？真的忍心對一個孕婦下毒手？」

「我愛她。」

她不會懷疑此時此刻他臉上真摯的表情，所以為什麼？

「既然如此，你為什麼要幫那個男人頂罪？其實全部都是他做的，對吧？」

謝春樺激動地說：「是那個男人囚禁你妹妹，他凌虐她、強暴她、整死她，全部都是他，你只是開車把屍體載去橋上燒毀，可是現在坐在這裡、等著被定罪、等著坐牢的人卻是你！只有你！你一肩扛下所有的罪，你幫真正的兇手頂罪，你讓真正的兇手逍遙法外，為什麼要袒護他？」

鍾智楷安靜地聆聽著，始終沉默地凝望著謝春樺生氣的紅潤臉龐，稍後他輕笑。

「袒護？原來在別人眼裡看起來是這樣……」他頓了頓，反問：「謝警官，殺人的動機很重要嗎？妳就這麼想知道為什麼？」

「只有你知道真相。」

「謝警官，妳知道重力助推嗎？」

謝春樺愣住。「什麼？」

鍾智楷的眼神變得渺遠。「我本來也不懂是什麼意思，現在我知道了，一切始於蘇慧玲。蘇慧玲就是一個黑洞。」

「蘇慧玲……」謝春樺在腦海裡琢磨著這個名字，好像在哪裡聽過，很熟悉……猛地，她回想起一具屍首分離的焦屍。「你是指死於美優大樓縱火案的蘇慧玲嗎？你認識她？」

鍾智楷點點頭，說：「是我放的火。」

這句話讓謝春樺驚訝地張大嘴，這不是她原本期望聽到的答案。

「她的案子跟你有關係？」

「我現在說的話，信不信由妳。」他微笑，侃侃而談，自白自己是個連續殺人犯，殺了好幾個孕婦。因為他在診療的過程中，認為她們不適任母親這個位子，她們將來會是糟糕的母親，養育出可悲不幸的孩子，所以他早先一步幫她們加工自殺。而那些女人大多有嚴重的精神疾病，或者早有企圖自殺的紀錄，因此她們的家人對於悲劇發生根本不意外，也不會繼續追究。從執業以來，他殺了超過十五名孕婦。

「所以蘇慧玲也是你的病人之一，你認為她不適合當母親，殺了她，再偽裝成她自己縱火自殺？」謝春樺突如其來接收到這麼多訊息，不知道該不該相信他？

「不，蘇慧玲比較特別，我抵達她房間的時候她已經死了。」

謝春樺驀然想起張姓房東的竊聽器所錄下的聲音，兩個不同的腳步聲，如果鍾智楷所言屬實，他就是後面進去房間的那個人？

「是誰殺她？」

「我一開始不知道，後來因為陳怡文的案子我才找到他。」

那個在車內燒炭自殺的女子身影又浮現出來，謝春樺生氣地說：「陳怡文的案子果然是你做的。」

「那支鋼筆不是我掉的，是另外一個人，蘇慧玲的論文指導教授何景昇，他故意設計我。」

何景昇?!謝春樺難以置信，那起蘇慧玲的縱火案她曾經去拜訪過他，並沒有感受到不對勁的地方。

「他殺了蘇慧玲？為什麼？」

「妳應該去問他，他們師徒的關係非常密切。」他冷冷地回應。

婚外情？師徒搞外遇嗎？現在仔細回想起來，房東也提過錄音檔的聲音在爭執懷孕的事情。所以蘇慧玲懷了何景昇的小孩，而何景昇害怕她破壞他的家庭，一時衝動殺了她，逃跑。而湊巧地，那天剛好鍾智楷也到她的住處，要幫她加工自殺，最後用縱火的方式掩蓋殺人案，偽造成她自殺的假象。

「你為什麼要放火呢？」沒這多此一舉，說不定警方已經追查到何景昇跟她的婚外情。

「因為這是她的遺願，她想死在火場。」

確實，蘇慧玲的遺書裡就寫著想放火燒房子……

「可是就算你說的是真的，你是一個連續殺人犯，你殺了很多人，到現在還沒被警方抓到，這跟你妹妹有關係嗎？她不是你殺的吧，兇手另有其人，對吧？」

「妳還不懂？如果不是他，我現在不會坐在這裡，我不會自首，我不會變成一個殺孕婦的兇手。」

謝春樺努力整理雜亂的訊息，突然領悟到他的重點。

「你的意思是何景昇設計了這一切嗎？是他殺了你妹妹，他才是真正的兇手，而你明明知道卻得幫他頂罪，為什麼？」

「謝警官，妳很喜歡問為什麼，但做為警察，也許妳應該要思考另外一個問題。」

他直視著她，眼神極度冰冷。

「這所有的一切都是因為你們警察沒做好本分，要是早點抓到我，我妹妹就不會死了。」

他這句諷刺竟堵得謝春樺羞愧得說不出話。

「現在幾點了？」鍾智楷突然發問，謝春樺下意識看了下手錶。

「下午五點十二分。」

「差不多了，」他輕哼了聲，瞇起眼看她。「謝警官，妳會知道真相，可是妳確定妳能理解嗎？」

*

謝春樺走出偵訊室，雖然只經過短短三十分鐘，但感覺像作了一場很長的夢，似真似假，她不知道該不該相信鍾智楷說的話？

當時她去找龍麗芳詢問鍾丹純的驗屍結果，龍麗芳對她說出一處奇怪的地方。

雖然鍾丹純的屍體被火燒過，但並沒有燒毀，下體陰道處很幸運地發現少許精液，並沒有被破壞，檢測之後和鍾智楷的不符合。

「什麼意思？」謝春樺一時沒搞懂，龍麗芳又解釋她發現死者鍾丹純陰道內壁的刮痕相當粗暴，可以判斷死者生前有被強暴的可能性，也就是這個留下新鮮精液的男人強暴了鍾丹純，而這個男人不是她哥哥，合理判斷也不會是她丈夫，她丈夫那個週末去國外出差，且夫妻感情甚佳，不過為了證明清白，她丈夫還是自願提供檢體，檢測後證明猜測無誤，留下精液者另有其人。

「所以犯案的人很可能不只鍾智楷，還有另外一個男人！」

龍麗芳點點頭。

「但是……鍾智楷卻堅持是他一個人做的，沒有其他共犯，為什麼他要一肩扛下？」

「小春，妳有沒有想過鍾丹純已經死了，鍾智楷為什麼還要燒車子和燒屍體呢？」

「因為他想要掩蓋、抹消另外一個人犯案的證據？」看到龍麗芳再度頷首，謝春樺越想越頭痛。「這太詭異了。」

「是很怪，尤其受害者還是他的親妹妹……」

「龍姊，妳一定要告訴檢察官，不能敷衍喔！」

龍麗芳不禁失笑。「小春，這麼明顯的證據我可不敢作假，是什麼就是什麼，但檢察官會怎麼運用就不是我能控制的。妳要知道相關不代表因果，即便她被強暴過也不代表就是被同一個人所殺害。」

所以，檢察官可能逼問鍾智楷有沒有共犯，但若是他死不鬆口，檢察官也不太可能繼續追查這條線索，給自己添麻煩，反正只要有證據證明是鍾智楷所作所為，而他也認罪，案子就可以了結了。

謝春樺在腦海裡模擬檢察官的作為，心情突然變得沉重。

「真討厭，就沒有一個有正義感的檢察官，敢追真相嗎？」

「真相？」龍麗芳清冷的面貌露出淡淡的笑容。「我只知道光從屍體找不到真相，妳只能看見事實，去判斷當時可能發生過什麼事，但真相是藏在人心底。」

於是，謝春樺努力地從鍾智楷口中想探出事件的真相，因為只有他知道。

然而在偵訊之後，她卻陷入更深的迷霧裡。

＊

謝春樺還是隔天早上看新聞才知道鍾智楷在她問訊完後，下午六點整結束羈押，以一百萬元新臺幣交保候傳。

正如之前林進德所說，媒體紅人高律師已經申請擔任鍾智楷的辯護律師，並且要求給予正式的精神鑑定。

「局長，不能讓鍾智楷交保！」

坐在辦公桌另一邊的男人似乎早已經習慣謝春樺的魯莽，只稍稍抬眼看她，又繼續低下頭看公文。

「妳跟我講幹嘛，我又不是法官，這案子也不是我管的！鍾智楷一沒前科、二沒共犯，自白坦承罪行，沒有串供之虞，沒有逃跑動機，沒有再犯虞慮，為什麼不能交保？」

「局長，他很危險，放出去不知道會做什麼事？」

「小春，妳現在才知道全世界就臺灣對嫌犯最講人權，臺灣法官對嫌犯最有同情心……」局長譏諷道：「不用擔心，檢察官也不蠢，一定會派警員跟監。」

然而謝春樺始終有股不祥預感。

就在鍾智楷被釋放二十四小時後，何景昇被人通報在自宅企圖自殺。

第四案

1

「警察叔叔，拜託你們快去救我爸爸！」

「小妹妹，怎麼了？不要哭，妳慢慢講，不要急。」

「我爸爸好像要自殺……」

＊

謝春樺迅速開車趕往何景昇的住處。

這消息她又是看電視新聞才知道。

一名現就讀國中二年級的少女用手機打電話報案，說她爸爸可能要自殺。本來接電話的警察還半信半疑，以為是惡作劇，之後少女將她爸爸傳給她的簡訊一併傳給警察，這才引起重視。

少女名叫何蕙君，父親是著名的物理學者何景昇教授，雙親離婚後何蕙君跟著母親同住，麻煩的是她並不知道父親現在的新住所在哪裡，又聯絡不上正在上班的母親，求助無門之下才打電話報警。

父親傳簡訊給她時她正在學校上課，當時是下午兩點半，她趁下課時間打電話給母親和警察，警察接到報案電話的時間是三點十分。

由於事關一條人命，警方從各個管道去查何景昇教授的新住所，發現連他任職的學校也不清楚，唯一知道的人就是他的前妻。

何妻正在公司開會，因為警方的聯繫而被迫中斷會議顯得非常不悅，得知前夫似乎有自殺意圖，只表示出淡漠的態度，直接告知警方他的新住處。

當時距離報案時間已經過了一小時。

當地警局即刻派警員和救護車抵達現場，由於大門深鎖，花了點時間才破門而入，何景昇又將自己反鎖在臥房內，救護人員進入房內時，已經接近下午五點。

謝春樺看到電視新聞報導這消息時，瞄了眼螢幕右下角顯示時間，正好距離鍾智楷被交保二十四小時後。

這不是她所屬警局管轄的案件，她只能在下班後趕過去現場查探情況。

何景昇所居住的是一棟五層樓舊公寓，一樓是商家，其餘樓層都是住家，沒有管理員，只有一臺大概壞很久的監視器，一樓的紅色鐵門長年敞開，旁邊是一格格極小的信箱，五層樓樓梯連接左右兩座房，何景昇住五樓B座。

謝春樺趕到現場時，救護人員老早將何景昇送去醫院，那些圍觀的記者和人群也已經散了。五樓B座大門圍起封鎖線，屋裡頭只剩下善後的鑑識人員和負責偵辦的警員阿國。

阿國和謝春樺是警察大學裡學長學妹關係，雖不是直屬，也算點頭之交。阿國看見她，頗驚訝，畢竟不是她所屬管區的案子。

「村花，妳怎麼來了？」

即便讀大學那段日子，謝春樺也躲不過那個討厭的暱稱的詛咒，更令人受不了的是，有些人出了社會還繼續用。

她按捺住脾氣，試探地問：「何景昇還有生命跡象嗎？」

阿國愣了幾秒，搖頭。「呼吸停了。」

雖說偵查不公開，不同轄區警局之間的訊息也不能隨意流通，但這是自殺案，沒有嫌疑犯，阿國倒也大方透露案件的情況。

謝春樺迅速環視何景昇的住處，屋內相當凌亂，帶一股垃圾的惡臭味，有客廳和簡單的廚房、衛浴，以及一間臥房。

根據阿國所言，他和另一名警察同僚剛到現場時，大門深鎖，他按了幾次電鈴都沒人回應，因為顧慮到救人第一，他們立刻破門而入，何景昇自行裝置好幾道門鎖，花了點時間才打開。

謝春樺觀察一下大門，確實有被破壞痕跡，除此之外，這房內雖然紊亂，卻看不出有過打鬥或攻擊行為，家具都很完整。

臥室的情況也一樣，何景昇當時將自己反鎖在唯一的房間裡。阿國用力敲門，門內卻一片沉寂，沒半點聲音，這時只好強行攻入。而何景昇同樣又裝置好幾道門鎖，他們只好用暴力方式直接打壞門闖進去。

謝春樺走進臥房裡，對裡面的陳設感到驚訝，除了一張行軍床，桌上就擺了三臺電腦螢幕，三具電腦主機，以及一堆複雜的線路和儀器，最左邊的牆壁上還有張超大的白板，卻擦得乾乾淨淨，不留一絲痕跡。

目前的螢幕一片黑，主機似乎有過破壞的痕跡。阿國表示他們進來之前就是這樣，沒人碰過那些東西，由於不是刑事案件，要不要檢查這些東西得看檢察官的意思。

臥房四面都是水泥牆，唯一一扇氣窗也用木板釘死，能出入的就是那扇門。

「何景昇到底在這裡做什麼？」

阿國聳聳肩。「誰知道，人家可是物理天才。」言外之意，天才和神經病是一線之隔，他們普通凡人不懂天才的心思也算正常。

他們破門而入時，何景昇就坐在最中間那臺電腦桌前的旋轉椅子上，整個人緊靠著椅背，頭往後仰，四肢攤放。救護人員檢查他的右手臂上有針孔注射痕跡，旁邊地上有一支用過的針筒，桌上則放了一瓶氯化鉀。

他死亡的姿勢讓謝春樺忍不住想起蘇慧玲，竟如此相似，只差沒斷頭，她忍不住感到毛骨悚然，彷彿有人設計好。

救護人員還發現他臉上和身體上有些傷痕，好像跟人打過架……但房間裡看不出有和誰起衝突的痕跡，家具都保持完整，針筒和瓶子上都有清晰指紋，已經拿去鑑定。

「是嗎？」謝春樺很好奇。「會不會是有人押著他，逼他打針自殺？」

阿國搖頭。「不可能，這是密室。」

謝春樺仍抱持著懷疑，她照例地拿起筆形手電筒，仔細地蒐過房間各個角落，搜了一圈卻沒發現可疑的東西；桌上擺著一支手機，已經裝入透明的證物袋內，阿國說那是何景昇的手機。謝春樺拿起手機，迅速地滑動查看內容，在他死前二十四小時都沒有聯繫任何人，唯一做的就是傳一通簡訊給女兒，幾乎可以確定那就是他自殺的時間點。

問題是，他真的是自殺嗎？

謝春樺走出房間，客廳沙發椅上並肩坐了一名中年婦女和一名少女，中年婦女身穿褐色套裝，頭髮剪得極短，看起來幹練精明，少女則是綁著馬尾，五官清麗，戴著一副眼鏡，感覺有些弱不禁風。

「是何景昇的前妻和女兒。」一名鑑識人員靠近阿國耳邊小聲說。

「警官，可不可以告訴我到底發生什麼事？我前夫呢？」何妻一看見阿國和謝春樺，直接起身朝他們走來，大聲抱怨。

其他鑑識人員做完工作後都離開了，謝春樺盯著少女，她低著頭，不發一語。

「他已經被送去醫院。」阿國不太會應付家屬，尷尬地說。

何妻回頭看一眼女兒，旋即低聲問：「他還有救嗎？」

「不知道，還在搶救中。」阿國制式地回答，謝春樺心想他可不敢透露何景昇已經停止呼吸的消息，省得家屬歇斯底里。

趁著阿國面對何妻的連環詢問，謝春樺走到少女身邊坐下。

少女正低著頭在看自己的手機，螢幕上顯示出頭條新聞，就是她爸爸被救護人員用擔架抬出去的畫面，她還得透過新聞的影像才能看到這一幕。

謝春樺凝望著少女秀氣的側臉，雖然戴著眼鏡，仍看得出她有一雙明亮的大眼睛。

「妳是何景昇教授的女兒？」

少女乖巧地點頭。「我叫小君，警察阿姨，妳好。」

「別叫我阿姨，我姓謝，叫我謝姊姊吧。」謝春樺微笑。「小君，妳爸爸今天是不是寄了一封簡訊給妳？」

「對。」

「能不能讓我看看？」

小君將手機遞給謝春樺，此時，何妻和阿國也走過來，坐到另外一邊。

小君，對不起，爸爸對不起妳，妳要保護好自己，要好好活著，爸爸已經盡力了……

謝春樺盯著這簡短的訊息，時間和內容都和何景昇的手機裡的相符合。

問題是這幾天何景昇幾乎沒用過手機，沒打給前妻也沒打給女兒，然後突然間他就傳了一封類似遺書的簡訊給女兒，當作最後的遺言，而且是唯一的一封。

「小君，爸爸常常打電話給妳嗎？」

「不常，」少女小心翼翼地瞄了眼坐旁邊的媽媽。「媽媽不喜歡爸爸打電話給我……」

何妻撇開頭，沒否認。

「妳知道簡訊裡的『保護』是什麼意思嗎？妳最近有被人威脅或恐嚇嗎？」

「沒有。」

「有沒有接到奇怪的電話或是覺得被人跟蹤？有沒有收到陌生的信件？任何跟平常不一樣的事都可以。」

「都沒有。」

至此，何妻終於忍不住插嘴。

「警官，我告訴你們，我老公他真是……我是說我前夫，他真的瘋了。」何妻信誓旦旦地說：「他突然變得像個神經病！以前他忙著工作，雖然沒多關心我跟小君，至少也生活規律正常，也沒啥不良嗜好跟習慣，可是大概從一年前開始，他簡直像被鬼附身！」

阿國皺眉頭。「鬼附身？」

「警官，他整個人都變了！變得很可怕！」何妻誇張地說：「三更半夜突然大吼大叫，不睡臥房堅持要去睡客廳。接著又跟學校請長假，然後堅持要一個人搬出去住，我還是學校打電話到家裡才知道原來他請假了。說他生病，我問他生什麼病，他說不關我的事，要我別管，我說這樣不行，我沒辦法忍受他這樣不負責任的丈夫，你們知道他做什麼嗎？他寄離婚協議書給我，把房子留給我，還要我好好照顧小君！」何妻氣得猛翻白眼。「天底下有這種父親嗎？連女兒都不要了！」

小君只是低著頭，沉默以對。

「一年前發生過什麼事？」謝春樺試探地問。

「沒事，什麼都沒有，所以我才說他被鬼附身嘛！後來他又回學校教書，我就打電話給學校，要他們以後信件資料那些東西統統都寄到他的新家，別再寄到我家！」何妻氣憤地說。

「所以他搬出來以後就一直住在這裡？」

「對。」

「真的沒有發生過任何怪事嗎？」謝春樺轉頭問小君：「我是說一年前，有沒有任何讓妳覺得怪怪的地方？」

小君像是想起什麼似地，眨了下眼睛。

「有一通奇怪的電話打到家裡……」她輕聲說：「是我接到的，可是等很久對方都不出聲音……」

何妻被女兒一提醒，恍然大悟。

「啊，是那通惡作劇電話！我女兒接到電話，說沒有聲音，我就接過來聽，還大聲問那個人，說『你是誰，幹嘛不說話』，然後那人就突然哈哈大笑，是個女人，笑了一陣子，她就說『何太太，妳跟妳先生的感情好嗎？』，說完她就掛電話了。」

謝春樺和阿國面面相覷。

「就這樣？」

「對，後來我問我前夫知不知道那女人是誰，他嚇得臉色發白。」

「是外遇嗎？」

「怎麼可能！」何妻輕蔑地說：「我前夫去哪裡認識女人，他也沒那個膽！反正之後都沒再接到那女人的電話。」

「是認識的人嗎？」

「完全不認識。」何妻斬釘截鐵地說。

阿國想送她們母女去醫院探望何景昇，何妻堅持自己開車就行，大概不想跟警察待在同一輛車子裡。

她們離開了，謝春樺仍坐在沙發上沉思。此刻，何景昇的公寓裡只剩下她和阿國，她看著唯一一盞亮著的日光燈，感覺像闖入拍鬼片的場景裡。

「妳不去醫院看一看？」阿國好奇地問。

「我在想……有沒有可能是他殺？」謝春樺坦率地說。

阿國愣了幾秒後，笑出聲。「不可能。」

「你那麼肯定？」

「妳如果剛剛在現場就知道了，」阿國伸手指著被破壞的兩個門，屋子大門以及臥房門。「這兩個門都不只裝了一個鎖，是好幾個鎖，何景昇把自己反鎖在屋子裡，客廳的窗戶也鎖著，沒有入侵痕跡。臥室妳剛才進去過，四面水泥牆，氣窗被釘死。說實話，何景昇搞成這樣擺明了就是一心求死，不給人闖進屋子裡破壞他自殺的機會。」

阿國的說法很實際，謝春樺得承認他是對的。客廳雖然東西凌亂，一堆垃圾沒丟導致惡臭連連，但家具很完整，廚房跟廁所也一樣，怎麼看都是只有一個人待過的跡象，沒有其他人進來過。從剛才何景昇的前妻和女兒的談話間可以得知，她們也從沒來這裡找過他，事實上他女兒連父親的新住處在哪裡都不清楚。

阿國另一名局裡的同事已經去查訪過同棟樓的住戶，他們都不認識何景昇，沒跟他說過話，覺得他很孤僻，也從沒見過有人上門找他。

他就像這棟公寓裡的一座孤島。

「雖然這些鎖看起來很多很複雜，可是如果另一個人持有鑰匙，還是有辦法打開吧？」

阿國失笑。「村花，妳看太多電影了，以為神偷滿街跑？醒醒吧，這屋子裡又沒貴重東西，他又沒跟人結怨結仇，針筒和藥罐上的指紋八成就是他自己的，誰那麼恨他恨到要費這種心力把他布置成自殺？何必呢？」

「說不定那個人是個加工自殺的高手？」謝春樺調侃道：「你去醫院吧，我要去別的地方。」

「哪裡？」

「去找鍾智楷。」

2

謝春樺來到鍾智楷的住處，發現大廈外有名便衣警察，雖然是不認識的臉孔，但那股同僚的氣味她憑直覺就可以分辨出……局長說得沒錯，檢察官很小心，或許也感覺到鍾智楷是個危險人物，必須謹慎防範。

她相信鍾智楷一定跟何景昇的自殺案有關係，即便她剛剛去過現場，不得不承認是個無法破解的密室，除非有超能力否則實在難以入侵。能夠逼迫何景昇自殺，製造出自殺假象，然後絲毫不留下任何痕跡離去，太難了。但說不定鍾智楷真有何景昇家裡的鑰匙？可是，他怎麼會有鑰匙？何景昇的住處可不是簡單的門鎖，難道鍾智楷以前就進去過、接觸過？或者是何景昇自願提供鑰匙給他？

她越想越覺得情節荒謬，謝春樺心知肚明要是把她的想法告知阿國，估計又要被他笑一頓自己在異想天開。

但誰知道呢，只要有門就有出口，沒有不可破解的密室，或許在鍾智楷家裡還保留著戰利品？

鍾智楷對於謝春樺的來訪，並沒有很驚訝，也沒有阻止她，大方讓她進屋內。

這是棟高級住宅大樓，內部寬敞，裝潢明亮舒適，不過一個人住似乎嫌大了點……想想自己住的小套房，身為執法人員的薪水果然遠遠比不上醫生階級。

謝春樺看見客廳桌上擺了兩個茶杯和一盒餅乾禮盒。

「律師剛走，我來不及收。」鍾智楷拿起用過的茶杯往廚房移動。「想喝什麼？果汁？茶？咖啡？」

「水就可以了，謝謝。」她坐到沙發上，忍不住調侃：「高律師來傳授你法庭教戰手則嗎？」

鍾智楷將兩杯水放桌上，微微一笑，坐下。

「我告訴他不用白費力氣，我認罪。不管檢察官控訴我什麼罪名、提多少刑責，我都認，我也不打算做任何精神鑑定來脫罪，法官要判我坐牢幾年我都願意接受。」

謝春樺凝望著他平靜的臉龐。

「你是真的認為自己有罪，可是明明不只一個兇手，不是嗎？」她頓了頓。「你不說，是因為你打算自己親手處決他，對不對？」

鍾智楷直視著她，眼裡透露出一股興味。

「妳懷疑何景昇的自殺跟我有關？」

「沒有嗎？」

「謝警官，妳會認為何景昇被加工自殺，是因為我嗎？或是妳有發現什麼實質證據、可疑之處，還是僅僅因為我？」

「因為你是這個世界上唯一一個恨他入骨的人。他強暴你妹妹，還殺了她，這可是你自己親口對我說的。你才被交保一天，他就自殺了，不覺得時間太湊巧？」

「我很想自己動手，非常想，可惜他不是我殺的。他是自殺。」鍾智楷的笑容仍是淡定無痕。「可以去問妳的同事，我回家以後一整天都沒離開過。」

他在嘲諷便衣警察跟監一事，謝春樺只能苦笑。

「可是何景昇根本沒理由自殺。」

傳給他女兒的簡訊讓人看得一頭霧水，到底要保護什麼？這跟他的死又有何關聯？

「理由？妳覺得動機很重要嗎？」

「當然重要，法庭上除了證據，法官最重視的就是犯案動機，這往往構成刑責減輕或加重的關鍵因素。」

鍾智楷冷笑。

「曾經有一對模範夫妻，丈夫是大學教授，妻子是高中老師，兩人都是知書達禮的高知識分子，受過高等教育。他們有兩個小孩，一男一女，相差六歲。妻子為了全心照顧剛出生的女兒，跟學校請假，留職停薪，要親自撫育孩子，聽起來是不是一個完美家庭？」

雖沒明講，謝春樺完全可以自行帶入主人翁的真實身分。

鍾智楷繼續說下去。「事實上，那個妻子有嚴重的產後憂鬱症，生下第一個男孩的時候就已經發作，會不自覺地凌虐小孩，男孩一直承受著母親有形、無形的虐待，精神和肉體都受到雙重折磨。他的父親是個工作狂，幾乎不管任何家務事，把教育的責任全推給妻子，在外面還跟不少女人搞七捻三，留下不少風流債，偶爾還酗酒，他的妻子把對丈夫的不滿全發洩在孩子身上，男孩一直等到妹妹出生以後才得到喘息，妹妹成為另一個被虐待的對象。他們兄妹身上永遠都有因為不小心摔跤留下的傷痕，沒有人相信在外人面前優雅和善的好老師其實背後是個虐待孩子的惡魔，沒有人相信兄妹倆活在地獄裡。某天，男孩放學後回家看見母親狠狠掐住妹妹的脖子，就只差一點點，要是他慢個十分鐘去阻止母親的行為，他母親會變成殺人犯，而他妹妹會失去生命，於是他作了一個決定。他的父母不配為人父母。」

謝春樺一直盯著鍾智楷的臉，他面無表情說著，好像把所有情緒都隔離開了，然而這明明是發生在他身上的事，不是嗎？

她之前做過調查，鍾智楷兄妹小時候曾經發生過一起車禍，那場車禍喪失了雙親，現在聯想起來……

「那場車禍是人為的？可是你那時候才十一歲！」

「謝警官，如果妳有一個惡魔媽媽，妳會比同齡人更早熟。」
謝春樺撫著額頭，不敢置信。
「你跟你妹妹可能會一起死……」
「我知道。」
「那你還冒險……」
「很蠢嗎？」鍾智楷的笑容顯得扭曲。「那是妳沒體會過生不如死的地獄。我真希望自己沒被生出來。」
室內一片沉寂，謝春樺說不出話。
「所以妳明白了嗎？我的動機。」他譏諷道：「妳還認為我會親自動手殺何景昇？」他起身，背對著她。「請回吧，我已經沒有任何事可以告訴妳。」

＊

龍麗芳結束屍體檢驗工作走回辦公室，卻發現謝春樺坐在自己的位子上，一臉迷茫的表情。
她苦笑著搖搖頭，走過去用手上的文件輕拍了拍謝春樺的肩膀。
「我這座『活死人墓』不是發呆的好地方吧……」龍麗芳調侃她，順便拉了另一張椅子過來坐下。

「龍姊……」

龍麗芳早就知道同僚們背地裡稱呼她「小龍女」，還用金庸書裡的「終南山下，活死人墓」來描述她工作的地點，坦白說還挺貼切的。

「來幹嘛呢？這裡又不適合泡茶聊天，我也沒有報告要交給妳……」她將文件放到辦公桌上，等會還得整理好幾份報告。

「我從阿國那邊聽到何景昇的事，想說妳可能比較清楚……」

「喔，那事確實鬧很大。」龍麗芳點點頭，起身去泡兩杯咖啡，放到桌上。「幸虧有名護理師機警，及時去檢驗瓶子裡的藥。」

其實謝春樺是從警局同事裡聽到消息，這事已經在警方內部傳得沸沸揚揚，但不敢傳出去大眾耳裡，現在新聞只報導何景昇是自行注射藥物企圖自殺，並沒有詳加說明藥物種類。

本來以為何景昇注射的是瓶氯化鉀，後來護理師一驗瓶裡的藥物才發現，是巴比妥酸鹽。

龍麗芳一邊喝咖啡一邊說明：「注射高濃度氯化鉀會導致血鉀過多，刺激心臟活動能力，引發強烈收縮，最後心臟停止死亡，但巴比妥類藥物是屬於麻醉性藥物，主要是讓人昏迷，失去知覺、意識，過量可能導致呼吸中止，是比較沒有痛苦的。」

「可是注射氯化鉀死得比較快？」謝春樺猜測。

龍麗芳點頭。「心臟一停人就死了，很痛也很快，巴比妥類藥物比較緩和，也比較慢，甚至呼吸中止以後，心臟還繼續跳動。」

「所以……算活著嗎？」

龍麗芳揚眉，露出遺憾的表情。「我想，應該寧願死了吧。」

所以目前的何景昇狀態就像活死人嗎？謝春樺的腦中清晰浮現鍾智楷臉上最後扭曲的笑容。

「龍姊，一般人要去哪裡買氯化鉀或是巴比妥酸鹽類藥物？」

「這兩樣都是管制藥物，如果是醫護人員才比較可能接觸到，」龍麗芳陷入思索。「何景昇會採取這種注射藥物的自殺方式確實奇怪，一般人如果要自殺通常會選擇上吊、跳樓、跳河、服毒或是燒炭，這五種方式是最普遍也最簡單實行。」

「會用注射藥物自殺多是醫護人員吧？」

「對，他們比較有可能拿到藥……」

「所以何景昇用的藥可能是一名醫生提供給他的？」

龍麗芳微笑。「小春，妳又來了，警察辦案不能靠揣測或想像，要有證據。」

「妳怎麼跟我們局長說一樣的話……」

「有證據，有犯罪，沒證據，沒犯罪。」龍麗芳模仿起局長口吻惟妙惟肖，謝春樺忍不住笑出來。

「你們局長還曾經跟我抱怨過，說小春喔，想像力那麼豐富應該去當小說家，不是當警察。」

「才不是想像力，」謝春樺辯解：「是警察的直覺，挖掘真相本來就是警察的責任，不是把案子結了就是盡到警察的責任。」

「這樣喔，」龍麗芳調侃她。「那妳說說看，依妳的直覺判斷，何景昇注射藥物自殺的時候，他知道瓶子上的標籤錯了嗎？他知道自己注射什麼藥物嗎？這是為了混淆救護人員，堅定自殺信念，還是有陰謀呢？」

面對龍麗芳難得輕快的神情，謝春樺卻是心情沉重。

她其實已經拼湊出一個可能的真相，卻如鍾智楷曾經問過她的問題——妳確定妳能理解嗎？

她自問，她永遠也不可能理解。

「假設甲是個連續殺人犯，殺了很多孕婦，他認為那些女人不配當母親，她們該死，他在做對的事，他自認不是真正的殺人犯。然後他碰上乙，乙殺了甲的妹妹，還凌虐她，按理來說，甲應該會想報復、想親手殺了乙，以消心頭之恨。可是甲卻遇到一個難題——他無法動手殺乙，他殺不下手。」

龍麗芳原本只是輕鬆地聆聽，越聽越聚精會神，因為謝春樺的口吻太認真了。

「於是甲和乙作個協定，交換殺人，甲答應乙的要求，扛下所有的罪，是他殺了他妹妹，他是兇手，而乙必須自殺，用頂罪交換自殺，一命換一命。」

聽至此，龍麗芳終於忍不住打斷她。

「小春，妳知道自己在說什麼嗎？這已經過度臆想了，妳有任何證據支持嗎？還是純粹推論？」

謝春樺自嘲一笑。「是啊，過度臆想……有誰能理解這樣的真相？」

「好吧，就算妳說的是真相，那麼甲為什麼一定要自己親手制裁乙呢？就算他無法親手殺了乙，如果乙殺了他妹妹，甲可以報警處理，讓法律制裁乙。還有，乙為什麼要聽甲的話乖乖自殺呢？難道乙也有弱點，有把柄在甲的手上，可以威脅乙？」

「龍姊，妳贊成我們局長的名言嗎？」

龍麗芳愣住，一時沒反應過來。

「沒有證據的罪行，有兇手嗎？或者反過來，只要有證據，是不是就能認定是兇手？」

面對謝春樺嚴肅的神情，龍麗芳先是沉默，接著微微一笑，摸摸她的頭。

「小春，不要忘記我們的身分，退一步仔細想想，民眾希望我們做到的是什麼？」

謝春樺嘆息。「龍姊，我覺得好無力，明明所有的案子都解決了，沒有疑點，都有證據，都已經結案，但我們看到的只是表面的事實，沒有人在乎真相。」

「好了，快回去洗澡睡覺，睡個覺醒來又是新的一天，不要庸人自擾。」

看著謝春樺垂頭喪氣地離去，龍麗芳坐回辦公桌前，準備埋首撰寫驗屍報告。她望了眼桌上堆積如山的文件，今晚或許又得加班了。

每次和謝春樺聊天，總讓她回想起剛從學校畢業的自己，年輕氣盛，充滿幹勁，然而逐漸被現實壓力和累積的挫折磨損。

「我真的老了……」她感嘆地笑一笑。

3

謝春樺趕到醫院時，何景昇的前妻已經簽署好相關文件。她在病房外走廊看到謝春樺，相當驚訝。

「謝警官，妳怎麼來了？」

謝春樺還在喘氣，順了順呼息後，才開口：「我聽局長說，妳已經決定幫妳前夫……」

「妳來是為這件事喔，對啊，」何妻直接插話，接下去說：「我前夫生前簽了器官捐贈同意書，我想這既然是他的心願，我應該幫他完成。」

「可是……他的心臟還在跳，不是嗎？」

何妻嘆氣。「警官，我也是為他好，幫他減少痛苦……醫生說他再等下去，也只是……唉，我婆婆……就是我前夫的母親已經失智，現在住療養院，他又沒有其他親人，只剩下我能幫他作決定了。」

「妳不想再等一下嗎？也許有奇蹟？」

何妻露出不解的神情。「警官，妳發現有什麼疑點嗎？檢察官是說沒有勘驗的必要，只要家屬同意就行，我前夫是自殺，沒問題吧？」

凝望著對方殷殷期盼的臉龐，謝春樺頓時語塞，說不出話。

「其實我也很為難，小君一直不諒解我，她到現在還是不能接受她爸爸自殺的事實，之前離婚她也怪我，說是因為我不夠體諒她爸爸……我前夫是不管家事，倒是很疼愛女兒，很關心她，我有時候都懷疑他娶我，就只是為了傳宗接代。」

謝春樺默默聆聽著。

「警官，妳可不可以幫我勸勸小君？」

＊

何蕙君坐在醫院設置的家屬休息室一隅，怔怔地看著窗外。

外面正下著大雨，雨聲淅淅瀝瀝。

謝春樺走到她旁邊的椅子坐下。

「小君，妳還好嗎？」

小君抬頭看她一眼。「謝姊姊，我沒事。」

「給妳。」謝春樺將買來的一罐果汁放到桌上，自己打開另一罐咖啡喝，小君沒有拿起果汁，只是凝視著她。

「謝姊姊，人為什麼會自殺呢？」

謝春樺差點被咖啡嗆到。

「我想好久都不明白，我爸爸為什麼會自殺？」小君喃喃自語，眼眶紅了。

「我爸爸跟我說對不起，可是他做錯什麼？對不起誰呢？我真的不懂……」她摘下眼鏡，縮著肩膀，啜泣。

「謝姊姊，我爸爸是個好人，真的，他雖然工作很忙，會跟媽媽吵架，可是他很疼我……為什麼要丟下我自殺呢？我真的不懂，是我做錯了什麼嗎？」

謝春樺輕輕抱住泣不成聲的少女。

她自問，要告訴少女真相嗎？

不，永遠不會。

真相

犯罪係處罰行為，而非處罰行為人之思想或惡性，即重視客觀之犯罪行為。

摘自刑法理論

鍾智楷趕到何景昇所說的地點，距離他所打來的電話已經超過二十四小時，期間他沒有任何通知，正因如此，更加深鍾智楷的恐懼。

何景昇送了一通簡訊到他手機，將他騙至一處偏遠地點，那裡只留下他妹妹鍾丹純的紅色豐田，是空車。他在原地枯等一陣子，毫無線索，心知肚明妹妹恐怕已經命喪黃泉。

接著又是另一通簡訊，另一個偏遠地帶。鍾智楷開車轉了好幾圈才找到路，轉進一條偏鄉小徑，小徑的盡頭是一間廢棄的鐵皮屋，屋外的石子路停放一輛休旅車。

這裡沒有門牌號，蔓草叢生，感覺久無人煙。

鐵皮屋占地不大，沒有窗戶，鐵捲門已經鏽黃，旁邊有扇鐵門，他輕輕拉了下門把，門開了，撲面而來的是一股血腥味，他忍不住伸手掩鼻，在昏暗的視界裡辨別屋內的情況。

十坪左右的空間裡幾乎空無一物，只有一張長桌和三張椅子，角落堆了些雜物，天花板裝了一盞燈泡，也許本來是拿來當倉庫，現在已經無用處了。

長桌上的東西瞬間吸引住鍾智楷的目光。

他無法動彈。

那是一具半裸的女屍平躺在桌上，遠遠地，他看見那張熟悉的臉，披頭散髮，雙眼圓睜，空洞地瞪著上方，已經了無生氣。

鮮紅色的血液沿著她雪白的手臂，一滴一滴，往下墜落。

他無法走上前去確認妹妹的生死。

角落裡的一團黑影在扭動。

何景昇在笑，越笑越大聲。

「你妹妹真是個美女……」

這句話宛若觸動了鍾智楷體內的某個開關，他猛然朝黑影衝過去，掄起拳頭，使勁地痛打何景昇。

他的腦袋一片空白，像是具機器人，無法克制地出手，等他回神時，何景昇已經被他打得鼻青臉腫。

「你殺了我，殺了我，殺了我啊！就像你殺那些倒楣無辜的孕婦一樣！快殺了我！」何景昇朝他大吼大叫，彷彿鍾智楷打他打得越用力，他越高興。

鍾智楷反倒停手了，用力推倒他，走到一旁，他掏出口袋裡的一瓶藥和注射針筒，放置在椅子上。

這隻畜生想痛痛快快地死？作夢！

「幹嘛停下來！快殺了我！」何景昇掙扎著起身，朝他撲過來，姿勢滑稽，鍾智楷不屑地踢他一腳，踹開他。

「滾！」他拿針筒的雙手顫抖著。

他心底很清楚何景昇的用意。

他殺他妹妹就是為了刺激他的殺意，逼他報復，逼他在盛怒之下動手殺他，變成一個殺人犯……他要毀掉他的聲譽，把他送上法庭接受審判，逼他坐牢，付出代價。

他就是要他殺死他。

鍾智楷懂，他可以讓他稱心如意，但他不想讓他死得痛快，他要慢慢折磨他……

猛地，他的胸口一陣緊縮，手一抖，針筒掉到地上。

他瞪著那支針筒，感到一陣熟悉的胃痙攣，他的雙手不停地顫抖著。

「你不是想殺我嗎?快動手!幫你妹妹報仇啊!她死得那麼慘,你不怕她死不瞑目!」何景昇像失去理智般的野獸吼叫著,挑釁他,刺激他。

鍾智楷咬緊牙關,走到他跟前,蹲下。

「現在讓你死,太輕鬆了。」他低聲說。

何景昇和他四目相對,不明所以,甚至感到焦慮。

他不敢置信,自己對他妹妹使出這麼殘忍的手段,他能忍住?

「你想怎麼樣?」一股恐懼油然而生,何景昇害怕地問。

「你的女兒叫……何蕙君,對吧?我一向記得住病人的名字,」鍾智楷微微笑。「你對我妹妹做過的事,我會在她身上,加倍討回來。」

何景昇瞬間臉色慘白。

他匍匐向前,趴在鍾智楷腳邊乞求。

「不要碰小君,拜託不要!你要怎麼對我我都認了,不要碰她!」

鍾智楷不理會他,學他的口吻說:「你的女兒很漂亮,一點都不像你,你一定懷疑過她不是你親生的,對吧?」看他嚥了嚥口水的愚蠢表情,鍾智楷鄙夷地撇下嘴角。「很遺憾,我幫你們做過親子鑑定,你們確實是有血緣的親父女,她是你的種。」

「你怎麼會有我的……」何景昇納悶地詰問，可話才說出口，他驀地想起那天鍾智楷特地到他的辦公室拜訪，莫非就是趁那個時候……原來他來訪的真正目的是偷取他的檢體！

「可憐的孩子，既然是你親生的種，幫你贖罪也是理所當然了。」鍾智楷的口氣那麼淡然，透露出來的威脅卻一點都不平淡，何景昇嚇壞了。

「求求你別碰小君，你殺了我，快點殺我洩憤！不要碰她！」他幾乎是泣喊，鍾智楷卻逼近他的臉，神情冷酷。

「我要你死，可我不想髒自己的手。」

何景昇明白了，鍾智楷終究要逼自己自殺，如同他殺害其他孕婦一樣，這或許是他作案慣常模式，改不了。

可真沒想到，他用盡手段想刺激他，泯滅人性，對一名無辜女子做出喪盡天良的殘酷折磨，就是要逼他親自動手殺他，結果他仍是稱心如意。

何景昇好不甘心。

「我可以自殺，但你要遵守諾言。」

鍾智楷默不作聲。

「你不准碰小君，你要離她遠遠的。」

「我答應你。」

「口頭答應不算數。」

鍾智楷皺眉頭。「你要什麼樣的承諾？」

「你聽不懂？」何景昇憤恨地吼叫，猛然站起身。「我要你離她遠遠的，永遠沒機會碰她！」他轉向平躺在長桌上的女屍，整個人在發抖。

鍾智楷極度痛恨何景昇，恨不得將他身上的肉一塊塊扒下來，丟去餵狗，但這一刻，他竟感受到兩人之間無聲的心靈交流——這個男人是帶著極大的心理壓力在凌虐他妹妹。

這件謀殺案已經將他逼近崩潰的懸崖，視死如歸。

他賭上一切就是想讓他被逮捕。

鍾智楷閉上眼睛，笑出聲。

「我懂了，是我做的。」他平靜地說出口：「是我殺了我妹妹，我會自首，我會去坐牢，我會變成殺人犯，我不再是醫生，我不會再有機會接近你女兒，我會離她遠遠的，你安心了嗎？」

何景昇默默看著他，自己竟然會覺得眼前這個連續殺人犯可能是世界上唯一能理解他內心的人——他累積許久的壓力，和長期不穩定的精神狀態早已經腐蝕他的靈魂。

他早就是一具行屍走肉。

他不想當壞人，可是他的所作所為就是個壞到骨子裡的畜生。

「要是你沒放火燒掉慧玲就好了，」何景昇忍不住哽咽。「我寧願那時候被警察抓走，我真的不是故意要殺慧玲……」他癱坐在地上，抹著眼淚，像個孩子。「我怎麼會變成這樣……」

鍾智楷走到長桌前，伸手輕輕幫妹妹闔眼，拿出手帕幫妹妹擦乾血跡，擦乾淨她白皙的臉龐，幫她穿好衣服，然後他脫下白色風衣，蓋好她的身體。

現在她正睡著呢。

「慧玲就是個黑洞，一個巨大的黑洞，超巨大黑洞，我們都擋不住她的重力，我被耍了，你也被耍了……」何景昇彷彿已經陷入混沌狀態，喃喃自語：「重力無所不在。物質存在必有引力。你跟我跟慧玲跟你妹妹為什麼互相吸引？都是因為慧玲這個超大型黑洞，我們都被她抓住了，逃不掉……在理想狀態下，可以藉著重力拉著我們一起前進，取得推力，增進移動的速度，可是這個重力實在太強太強了，靠近她的人都要一起被湮滅、被毀壞殆盡……」

鍾智楷原本想仔細聽聽何景昇的想法，後來發現他早已經瘋狂，完全掉進自己的世界裡，聽不進別人的聲音。

滅絕人性的殺戮讓他徹底失去自制，他垮了，他畢竟不是殺人的料。

於是，鍾智楷抱起妹妹的屍身，將藥物留下，離開這間鐵皮屋。

＊

鍾智楷將車子停在路邊，換上他妹妹的那輛紅色豐田，這是他送給妹妹考上會計師執照的禮物，多年來她始終沒換新車。

他將妹妹安置在副駕駛座，幫她整好衣服，繫上安全帶，讓她好好睡。

準備上路，一切按照計畫進行。

他會留下足夠的證據，讓警方能有線索抓他，讓檢察官能起訴他，讓法官能定他罪，至於動機？隨便掰一個就行，有誰真正在乎？

鍾智楷平穩地開著車，開上高速公路，忍不住發笑。

人類真是可悲的動物，他根本沒幫何景昇父女做過親子鑑定，他卻僅憑一句話就相信他，加深自己的死意，人類這種生物說穿了骨子裡就存有自私基因，只要有留下種，有傳宗接代，就不顧自己死活了。

這一點鍾智楷還是很佩服何景昇的父愛。

相較之下，他想懲罰的那些不配做父母的人類，他們連人類都稱不上，連自己子女的骨肉都可以啃下去，是畜生。

鍾智楷打開車上的音響，讓音樂流瀉，穩定自己的情緒。

他想起了自己的親生父母，就是一對畜生。

當年那場車禍，鍾智楷真心想和父母親同歸於盡，他噁心自己身上流的血液，卻沒想到他和妹妹都活下來了，他想他唯一的使命就是照顧好妹妹，和他有著共同不幸的命運、血脈相連的親人；而當他就任婦產科醫生，他發現自己活下來的第二個使命，他存在的意義就是為了宣揚這個沒人敢承認的事實，讓所有人都看見——有些人就是不配當父母，他們的死亡比活著對社會更好，他們是製造不幸種子的畜生。

只是他沒料到，他的第二個使命葬送了他妹妹的命。

更諷刺的是，他殺不了殺害他妹妹的兇手。

他的雙手送走了那麼多不配活著的畜生，卻送不走他最恨的一隻畜生。

哥哥會送妳走完最後一段路。

鍾智楷在心底默念著，轉大音響的音量。

這首歌是他妹妹最愛的一首歌，周淑美唱的〈簡單的歌〉。

因為歌詞太美了。他妹妹笑著說。

當你輕輕呢喃著我的名字，

輕輕呢喃著……

我的名字……

輕輕的……

（〈Simple Song #3〉詞曲：David Lang）

他凝望著包裹在白色風衣底下的女子，側顏平靜安詳，宛若一朵純潔的百合花。

第五屆【金車・島田莊司推理小說獎】決選入圍作品評語

（本文涉及謎底與部分詭計，請在讀完全書後再行閱讀）

日本推理小說之神／島田莊司

在日本本格推理小說文壇，近來某種流行勢力逐漸抬頭，那是因為明白企圖欺騙讀者、讓人迷失方向、讓人大為吃驚的詭計已經利空出盡，所以用之前曾經出現過，而且獲得好評，由前人所構思的詭計或機關加以模組化（部分完成品），加進自己製作的裝置中，並擴充其數量，亦即以量取勝，以此說服讀者的一種作風。

藉由數量，能對使用者產生一種蒙蔽效果，讓他們看不見自己挪用前輩功績的行為，就此發展成無罪意識，進而得到好評。由於有這樣的前例，所以人們想到利用這種借用方式，保證可以提高作品價值。而前例的作品問世後，已過了好一段時間，這項現實也容許作家採取這種行為。那些存在於昔日領域的前例中，應該極力避免借用的這份良知，如今就像隨風飄搖的燭火般，幾乎已蕩然無存。

在這一點上，筆者感到憂慮，以既有的點子，採以量取勝的作戰方式借用的例子，與自行發現前所未見的詭計、發明突出且驚人的結構，以此做為主軸所完成的新作品，當兩者擺在一起時，該如何定出名次，才算是正確的選評呢？我也曾接受過這樣的提問。

身為選評者，我想先在此明確表達我的判斷方式，我會視哪部作品發現前所未見的點子，而給予較高的名次。借用既有的例子，如果只採用一個，不算是盜用。但如果一次借用多個，要說這不是盜用，可就站不住腳了。前面所提的例子，我不得不說一句，像這種構想的連鎖反應，會陷入惡性循環中。而這種傾向是在某種風潮的末期所產生，等日後這股風潮停了，便看不到任何有發展性的遠景。

「詭計貧乏」這句話，從筆者以新人的身分踏入日本文壇的時候起，大家便常這麼說。但筆者從不這麼想，實際上，我自認也一直在各個領域上提出從未見過的點子。不過，筆者歷經將近四十年的寫作時光，對於這樣的主張，也不得不給予相當程度的認同（但老實說，筆者至今仍不認為詭計的可能性已經枯竭）。因此，對於這早在十年前就已隱隱預見的嚴重事態，基於想避免這種情況發生的一份心，我提出了「二十一世紀本格」的想法。

所謂「本格推理」文學，自從范．達因登場後，十九世紀時的科學構想，亦即指紋、血型、不在場證明構想等等，就像棒球規則一樣，逐漸成為推理時的約定事項，固定套用在小說中。因此，既然現在是處在詭計貧乏的狀態，我提議跳脫出一九二〇年代的這種遊戲法，乾脆重回一八四一年的《莫爾格街兇殺案》構想，與活用當時最新科學的愛倫坡和柯南道爾採取同樣的思考方式。

不光只有指紋、血型、聲紋，二十一世紀的科學甚至已發出DNA、基因重組、發育生物學、人造骨骼、人造血管、腦科學等，只要將這些要素納入我們的眼界中，可當題材的對象可說是取之不盡。這在向我們暗示，有無數可能等著去發現，前景看好。

話說回來，范．達因的主張，是企圖在仍置身於黎明期混沌裡的新興領域中，呈現出完成品，這並非不容懷疑的神諭。考量到英美領域後來都走進死胡同的這項事實，筆者的主張豈不是顯得很自然並且有其必要嗎？透過這種原本的構想，亞洲的本格推理可以不必步上英美領域衰退的後塵。

然而，這項提案有種略微局限於表面的傾向，對於本格推理創作既有的定型作品，往往被誤以為是一種副領域的試行方案，而在華文世界的本格創作中，也開始出現大量採用模組群的手法。

此外，也有人誤以為二十一世紀本格單純只是科幻創作，或是將活用腦科學視為終極目標。如果是這樣，筆者覺得愈來愈值得擔憂了，恐怕在亞洲也阻止不了這種文藝領域衰退的現象。

不論是「近代自然主義」文學、「科幻」文學，還是「本格推理」，都是十九世紀的科學革命衝擊產下的嬰兒。不論哪一種文藝，若沒有科學與其新思潮的抬頭，都不可能誕生。但這三種文藝，其各自追求的目標都大不相同。「自然主義」是達爾文進化論督促那些過去宗教強加於人的道德觀進行部分修正，引導出對人類這種動物的自然姿態描寫。「科幻」則著眼於科學引出的嶄新未來社會的樣貌和新思想、光明未來的戀愛和冒險，以及高效率殺戮的未來戰爭、徹底監控和貧困的黑暗世界，再加上出人意表的各種科學道具，全部陳列在讀者面前。

「本格推理」始終著眼於「邏輯推理」，對象主要是刑事罪犯。以走在時代尖端的科學見解做為應證的輔助線，這是基本。本格不論想靠近哪個領域，都不會揚棄邏輯推理。

【金車．島田莊司推理小說獎】這次同樣也有優秀的挑戰作品登場，但我前面所提到的不安，也有助長的趨勢。今後我也會很仔細的加以說明，同樣出現在日本的不安構造，以及二十一世紀本格所追求的目標，並期望能在不會迷航的領域中持續前進。

＊

若從標題來推測，可以期待這部作品不是純文學，而是純粹「猜測犯人」的偵探推理。不過，深入故事後發現，它似乎鎖定的不是「誰是兇手（whodunit）」這種高度的解謎；呈現在讀者面前的，是帶有人性風格的不合理死亡構圖、令眾人都難以理解的心理動向、人與人之間命運造就的不幸等，讓人聯想到人種之間不合理的自相殘殺，這是我從中所看出的作者意圖。

這種執筆風格，感覺是想走文學路線，耐人尋味，而這種社會主義派的思索本質，或是文藝風格的意圖，在本格推理獎中是否能博得好評，我默默在心中打了個問號。

不過，既然這次的大獎已公開宣布是本格推理獎，在判定上就應該對誘導讀者展開推理思考者給予較高的名次，由於其設計圖的建構還不算完備，所以也難怪會讓人質疑這部作品將重心擺在文學性上頭。事實上，它的樂趣從解謎移往特殊的人際關係配置設計上，給人的印象是讀者得到的驚奇減少了。

擁有獨善其身道德觀的婦產科醫生鍾智楷，將他認定個性不適合為人母的孕婦殺害，佯裝成是自殺。某天，一名女大學生蘇慧玲來訪，鍾智楷判斷她同樣沒有為人母的資格。所幸蘇慧玲本身也有自殺的意願，她請鍾智楷協助她自殺。鍾智楷二話不說便答應請求。

蘇慧玲在自己的公寓住處，和在大學授課的物理學教授何景昇發生肉體關係。何景昇有妻子，但缺乏男性魅力，在蘇慧玲的一再責問下，一時氣憤將她殺害。

之後鍾智楷依約到蘇的公寓拜訪，就此發現陳屍家中的蘇慧玲。他遵守約定，將她的屍體布置得像是自殺後才離開。

何景昇得知自己殺害的女人竟意外被人處理成自殺後，化身偵探，展開行動探尋真相。查出婦產科名醫的鍾智楷其實是連續殺人犯的事實。見他行事沒露半點狐狸尾巴，何景昇義憤填膺，想揭發他的真面目讓世人知道。

另一方面，鍾智楷感覺何景昇行跡可疑，於是查出他任教的大學，警告他今後別再糾纏不清，否則妻女將性命難保。

何景昇擔心自己無法保護妻女免於連續殺人犯的毒手，進一步展開調查，得知鍾智楷有一位漂亮的妹妹丹純。於是將她綁架監禁，想藉此停止鍾智楷對他的打探。

從這個階段開始，女刑警謝春樺介入調查，她質疑起那些被鍾智楷殺害的女人的死因，懷疑是鍾智楷一手策畫。這時，鍾智楷竟然因為殺害親妹妹丹純的嫌疑而遭到逮捕。法醫認為丹純的死與另一名男子有關，但鍾智楷向謝春樺供稱自己是連續殺人犯，丹純遭殺害是他一人所為，沒有共犯。

鍾智楷花了大筆錢獲得保釋後不久，何景昇在飯店朝自己注射毒藥，化為一具屍體，被人發現。現場是個完全的密室，任誰都不可能侵入，警方也只能以自殺案處理。但謝春樺卻懷疑這一切都是鍾智楷一手安排、下毒手的。鍾智楷對謝春樺說：

「妳會知道真相，可是妳確定妳能理解嗎？」

作者主張何景昇陳屍的密室，不是物理性的密室，而是心理上的密室。這能成為這部作品最大的主題嗎？

故事非常複雜，且耐人尋味，特殊的人們構成特殊的構圖，而能否認同前面的主張並對此感到佩服，看來會是評價這部作品的分歧點。

鍾智楷是連續殺人犯，是將手中的犧牲者佯裝成自殺的專家。他得到保釋後（供稱自己是連續殺人犯後，真的能取得保釋嗎？），何景昇在完美的密室裡自殺。何景昇自殺的可能性很低。因為他死後，女兒會有遭鍾智楷殺害的危險。此外，鍾智楷殺害他的動機相當強烈。那麼，鍾智楷到底是如何殺了何景昇，如何安排這處密室呢？

這正是在閱讀這種故事時，推理愛好者會自己陷入的狹路，心理的密室——這應該就是作者的主張吧？

然而，結果與讀者深信不疑的想法完全相反，何景昇只是單純自殺。這就是真相。

這樣真的能讓人感到驚奇嗎？這似乎才適合當書名。選評者本身也沒因此感到太驚奇。而且對何景昇的內心動向，也很難產生認同感。

不過，能想出如此複雜且特殊的人際關係構圖，作者的功力不凡。此外，是連續殺人犯，卻又是婦產科醫生，是兇手卻又是偵探，以類似正義的情感四處查探命案，這種人格分裂的構圖，在閱讀過程中帶來一種奇妙的陶醉感，創造出獨特的本格推理，令人佩服。

但這種人工的構圖，同時也覺得有點牽強、難以認同，在需要有令人信服的自然性和必然性做後盾的前進力方面，仍略感不足。

第 1 屆【島田莊司推理小說獎】決選入圍作品

虛擬街頭漂流記

寵物先生——著

在這個虛擬幻境裡，所有的感覺都只是假相！只有眼前那具蒼白的軀體，是唯一的真實……

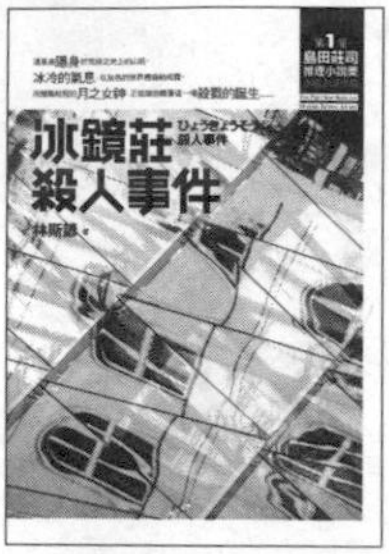

冰鏡莊殺人事件

林斯諺——著

陷阱，你或許可以逃開；但，精心編織的謊言呢？

快遞幸福不是我的工作

不藍燈——著

這不是阿駒第一次快遞情歌，但肯定是最驚駭的一次！

第 2 屆【島田莊司推理小說獎】決選入圍作品

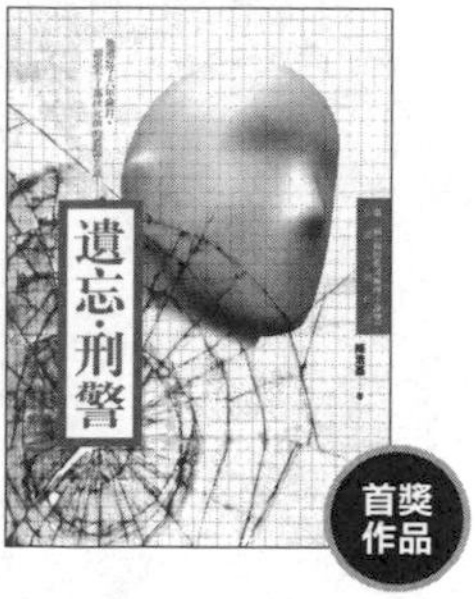

遺忘・刑警

陳浩基——著

他遺忘了六年歲月，卻忘不了那抹死前的濃豔笑意……

反向演化

冷言——著

如果終生在黑暗中，人類將演化成什麼模樣？

設計殺人

陳嘉振——著

殺人，只是另類的商品設計？

第 3 屆【島田荘司推理小說獎】決選入圍作品

首獎作品

我是漫畫大王

胡杰——著

如果童年可以再來一次，我只想找回我所有的漫畫，不惜一切代價！

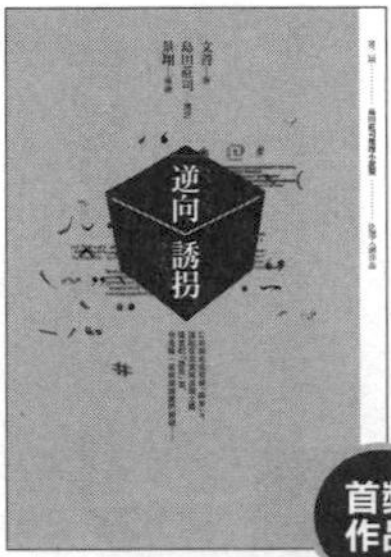

首獎作品

逆向誘拐

文善——著

這起在真實與虛擬之間擺盪的「誘拐」案，他是唯一能解開謎底的關鍵……

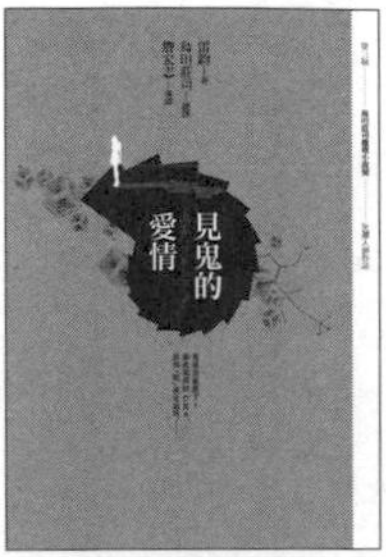

見鬼的愛情

雷鈞——著

真是活見鬼了！那具焦屍的DNA，竟與「她」完全相同……

第 4 屆【金車．島田荘司推理小說獎】決選入圍作品

首獎作品

黃

雷鈞——著

那個被殘忍剜去雙眼的男孩，正逐漸讓他一步步踏入未知的陷阱……

H.A.

薛西斯——著

「H.A.」是線上遊戲的革命！然而，在正式問世之前，還得先解決三起謀殺案……

熱層之密室

提子墨——著

那些紅色血珠，從他的身體中滲出，彷彿開出一朵朵豔麗的花……

國家圖書館出版品預行編目資料

誰是兇手？ / 弋蘭著. -- 初版. -- 臺北市：皇冠, 2017.09 [民106]. 面; 公分. --(皇冠叢書; 第4648種) (JOY ; 204)

ISBN 978-957-33-3331-9 （平裝）

857.81 106014799

皇冠叢書第4648種
JOY 204
誰是兇手？
作　　者—弋蘭
發 行 人—平雲
出版發行—皇冠文化出版有限公司
台北市敦化北路120巷50號
電話◎02-27168888
郵撥帳號◎15261516號
皇冠出版社(香港)有限公司
香港上環文咸東街50號寶恒商業中心
23樓2301-3室
電話◎2529-1778　傳真◎2527-0904
總 編 輯—龔橞甄
責任主編—許婷婷
責任編輯—楊惟婷
美術設計—王瓊瑤
著作完成日期—2017年
初版一刷日期—2017年9月

法律顧問—王惠光律師

如有破損或裝訂錯誤，請寄回本社更換
讀者服務傳真專線◎02-27150507
電腦編號◎406204
ISBN◎ 978-957-33-3331-9
Printed in Taiwan
本書定價◎新台幣300元/港幣100元